LIDORIE,

ANCIENNE CHRONIQUE

ALLUSIVE,

publiée par L'AUTEUR

DE BLANÇAY, &c.

LISTE
DES OUVRAGES
DE
M. GORGY,

Qui se trouvent chez le même Libraire.

LIDORIE,

2 vol. *in*-18 fig. br. 3 l. 12 f.

BLANÇAY,

2 vol. *in*-18. fig. br. 3 l. 12 f.

VICTORINE,

2 vol. *in*-18. fig. br. 3 l. 12 f.

NOUVEAU VOYAGE SENTIMENTAL,

1 vol. *in*-18. br.   1 l. 10 f.

MÉMOIRE SUR LES DÉPOTS DE MENDICITÉ.

Compos. et delin. BN Borsy.

Lidorie s'occupant de l'écharpe pour
Montgreal. (Chap. 15.)

LIDORIE

ANCIENNE CHRONIQUE

ALLUSIVE,

Publiée par L'AUTEUR

DE BLANÇAY, &c.

PREMIÈRE PARTIE.

A PARIS,

Chez GUILLOT, Libraire de MONSIEUR
rue des Bernardins, la première porte-
cochère en face de Saint-Nicolas-du-
Chardonnet.

---

20 Avril 1790.

LIDORIE.

CHAPITRE PREMIER.

Comment étoit le château de Guéhé-rard ; en quelle contrée il étoit situé ; en quel tems ont eu lieu les événe-mens racontés en cette chronique.

Nota. Les feuillets qui formaient ce premier chapitre se sont trouvés en si mauvais état, qu'il n'a été possible de lire que le titre : le discours, écrit en très-petit caractère, était absolument indéchiffrable.

L.   A

CHAPITRE II.

Ce qu'étoit la Dame Comtesse de Gué-
hérard, mère de Lidorie.

C'ÉTOIT dans ce château que le
vieux Comte de Guéhérard passoit sa
vie, avec sa fille unique, la belle Lidorie. De femme, plus n'en avoit.
Depuis quelques mois, elle avoit passé
de vie à trépas ; et moult bien aise en
étoit le Comte ; étoit bien la pire fe-
melle que oncques on eût vue depuis
long-tems, tellement que son époux,
qui jadis avoit vaincu Maures et Sarrasins, forcé à la douceur Chevaliers
discourtois, à qui rien enfin n'avoit
résisté, n'y pouvoit mie contre sa

femme. Si est-il vrai que femme méchante, il n'y a œuvre humaine qui ne s'y perde.

Mais c'étoit la pauvre Lidorie qui avoit le pire souffert de cette humeur.

Durant l'âge de son enfance, son père courant toujours chercher les aventures, la pauvrette étoit seule avec sa mère, qui, de l'aube du jour à la vespérée, ne cessoit de la gronder, de la tourmenter, voire même de la battre, et cela sans jamais être mérité; car Lidorie étoit le caractère le plus doux et le plus patient. Elle étoit même si soumise d'un vrai respect, que, bien qu'elle n'eût jamais tort, elle se le donnoit toujours, plutôt que d'accuser sa mère d'injustice.

Dame Nature, pour balance de tant

de maux qu'auroit à souffrir, lui avoit
départi douceur d'agneau , qui toujours s'étoit allée en augmentant par
la rude manière dont ne cessoit d'être
menée.

Maltraitemens rendent méchans au
pire ceux qui ont germe de l'être ,
ôtent la bonté à ceux qui n'en ont que
dose ordinaire ; mais , lorsqu'est de
bon aloi et fortement enracinée, peines
et souffrances ne font que lui prêter
de nouvelles forces.

CHAPITRE III.

Comment Lidorie avoit en la veuve Paterne une excellente nourrice.

FAUT dire aussi que le sort avoit encore donné à Lidorie, en balance de ses peines, une nourrice dont les tendres soins et les bons documens la soutenoient dans cette route d'épines, et l'auroient empêché d'y broncher.

Cette nourrice étoit la veuve d'un vassal qui avoit vécu honorablement, mais qui, en partant de ce monde pour l'autre, ne lui avoit laissé qu'un enfant dans son sein, yeux pour pleurer, et bras pour travailler, quand elle le pourroit. Quelques gens de son lignage l'avoient aidée jusqu'après ses couches : mais son enfant étant départi du monde quelques jours après y être arrivé, et Madame la Comtesse de Guéhérard ayant du même tems amené à la vie la petite Lidorie, on conseilla à la veuve Paterne (ainsi se nommoit) d'aller se présenter en titre de nourrice.

La pauvre femme mie ne s'en soucioit : savoit trop bien qu'aller là, c'étoit aller en enfer, à tout le moins en purgatoire ; mais ceux qui avoient eu soin d'elle lui répétoient ensemble : — « Faut y aller ; le diable n'est pas » toujours si diable de près que de » loin : sûrement y serez mieux que » ne le pensez ».

Point ne le croyoient-ils eux-mêmes :

mais voilà comme on conseille, pour se débarrasser des gens, quand on est las de leur faire du bien ; et les pauvrets à qui l'on donne ces conseils-là, quoique sachent leur valeur, sont contraints de les trouver bons. Et puis, quand la poignante misère est là qui va criant : FAUT VIVRE, bien est-il force de se résoudre.

D'ailleurs, la veuve Paterne avoit un si grand fond de dévotion, que, dans tous ses malheurs, elle se réconfortoit dans la prière, et ainsi trouvoit par la résignation moyen de beaucoup réduire les maux que ne pouvoit empêcher. Moult grand besoin eut-elle de cette vertu auprès de la Dame de Guéhérard, sur-tout quand sa petite nourrissonne commença à devenir aussi l'objet de la méchante humeur de sa mère, parce qu'autre chose est d'endurer pour soi toute seule, ou d'avoir de plus à endurer pour un petit être que l'on a fait sien, en le nourrissant de sa substance.

Elle aimoit la petite Lidorie comme si c'eût été vraiment sa fille : elle seroit allé lui querir une joie à un bout du monde, ou l'auroit emmenée à l'autre, si eût été le moyen de lui sauver un chagrin : mais las ! falloit rester dans une région de souffrances. Tout ce qu'elle pouvoit faire, c'étoit, quand il n'y avoit plus là de Dame de Guéhérard, de presser Lidorie sur sa poitrine, de la couvrir de baisers, de lui recommander la patience, le respect envers sa mère. Ensuite, quand

l'avoit bien prêchée, jouoit avec elle,
tant que le sourire retournât sur ses
lèvres enfantines, ce qui n'étoit pas
difficile, vû son heureux caractère.
Lors, veuve Paterne oublioit aussi ses
maux; et son cœur, navré qu'il étoit
par les pleurs et larmes de sa chère
enfant, étoit ému de joie pure et vive
à l'apperçu de son sourire.

Ce fut ainsi que Lidorie passa son
enfance entre sa vraie mère, qui la
rendoit plus malheureuse que oncques
n'eût fait la femme la plus étrangère,
et une mère d'adoption, qui, par sa
tendresse, mettoit dans le vase amer
tant de douce miellée, qu'amertume
en étoit emportée.

Le seigneur Comte de Guéhérard
avoit bien fait quelque demourance

au château , dans l'intervalle de ses
courses guerrières : chaque fois , il
avoit voulu exiger que fût fait à Lidorie un meilleur traitement ; mais
jettez de l'huile sur tisons ardens ,
si - tôt voyez flammes s'épandre , et
menacer de mettre le feu par - tout
l'ost : advenoit même chose. Le Comte
étoit tellement rabroué , que mieux
valoit se taire , crainte d'être réduit
à faire pis ; et la pauvre petite Lidorie
en étoit au double et au triple mal-
traitée.

Enfin la mort vint délivrer le monde
de cette méchante femme , qui lui étoit
lourd fardeau à porter ; et grande joie
en fut-il par-tout , excepté de la part de
Lidorie , voire même de sa nourrice ,
qui pleurèrent de franches larmes.

Ainsi sont les bonnes gens : faites-
eur tant de mal que vous adviserez,
qu'il vous advienne malheur, ils dé-
partent de leur mémoire ce qu'ils ont
pâti de vous, et plus ne songent qu'à
vous plaindre, ou à vous secourir, si
moyen y a.

CHAPITRE IV.

Comment le Seigneur Comte de Guéhé-
rard avoit bon cœur & ridicule va-
nité, et ce que faisoit par le conseil
de tous deux.

CETTE mort rendit Lidorie heureuse.
Cependant faut dire que le Comte de
Guéhérard avoit trouvé dans ses courses de guerre, et conservé cette sorte
d'âpreté qui, sans changer le fond du
cœur, en rend l'enveloppe rudanière ;
mais il aimoit vraiment sa fille : et,
bien qu'il reçût ses caresses avec une
dignité froide , qui auroit repoussé
tout autre , c'en étoit assez qu'il les

reçût

reçût pour donner joie et liesse à l'ame
tendre de Lidorie. Si pourtant elle auroit été encore plus heureuse qu'il eût
mis bonté paternelle en la place de
dignité chevalière ; et l'on a toujours
tort quand on ne rend pas les gens,
ses enfans sur-tout, aussi heureux que
possible : mais chacun a son côté de
foiblesse ; et celui du Comte étoit un
orgueil outre cuidance. Au demourant, étoit le meilleur Seigneur du
monde.

Y avoit-il querelle à devenir procès ?
faisoit venir les deux contendans, qui,
avec très-profond respect, déduisoient
la cause. Le Comte les accommodoit
assez judicieusement, et toujours dé-
dommageant un peu de sa bourse celui qu'il condamnoit ; mais force étoit

I. B

d'en passer par là : pas n'auroit été bien venu celui qui auroit osé en appeler du jugement du Seigneur Comte de Guéhérard.

Se marioit-on? il dépouilloit ses orangers, faisoit tresser de leurs fleurs une belle couronne à l'épousée, et ne manquoit de joindre quelques pièces au trousseau. Accouchoit-on? il tenoit l'enfant sur les fonds; envoyoit chez la gésante sirops, vins, et tout ce que besoin étoit; faisoit grandement les dépenses d'église : mais falloit que tous les registres de la paroisse fussent chargés et rechargés des noms, surnoms, qualités, possessions, &c. &c. &c. du Seigneur Comte de Guéhérard.

Quelqu'un de ses vassaux étoit-il malade? si-tôt y envoit son valet

Arabe, qui étoit bon Physicien, point
n'épargnoit les drogues les plus chères:
mais, si l'on en mouroit, c'étoit un
tapage à faire trembler et rire, tant
s'emportoit contre le défunt, qui avoit
osé s'épartir malgré les drogues et le
valet Arabe du Seigneur Comte de
Guéhérard.

Un autre voyoit-il son bien perdu
par malfortune; ou bien, à la mort
d'un père, s'en trouvoit-il si peu que
chacun de ses enfans ne pût avoir un
lopin bastant pour en vivre? enfin,
par une cause ou une autre, étoit-on
en défaut de terre à cultiver de quoi
y trouver subsistance? Tôt le Comte
faisoit appeler l'homme, et lui donnoit sur ses domaines en pur don, et à
toujours, une part de terrein : encore

étoit-il sans redevance d'argent. Seulement, comme son orgueil ne manquoit de se fourrer par-tout, il exigeoit en échange un service d'honneur, qui, à son voir, le grandissoit d'autant.

L'un étoit obligé de lui chausser ses éperons; l'autre de lui tenir l'étrier; un autre de conduire son palefroi par la bride, les vingt premiers pas; qui de ceci, qui de cela : enfin, quand il partoit en course, ou quand il en revenoit, voyoit à son entour un cortège de serviteurs, qui, au demourant, trouvoient fort doux d'avoir ainsi de bons arpens de terre, que payoient en monnoie de singe. Si donnoient-ils en dessus du marché, mais à part eux, tant et plus de grimaces de moquerie sur cette sotte vanité qui faisoit faire à leur seigneur marchés si fallots.

Mais par ainsi va le monde; bien fou qui s'en fâcheroit : à tout marché chacun gagne à sa manière. Le Comte remplissoit sa tête de gloire fumeuse; ses vassaux remplissoient leurs granges et celliers de bons fruits. A ceux-là que misère pourchassoit, avoir étoit l'essentiel : à celui-ci qu'abondance combloit, son plus cher desir étoit de mettre tant que possible plus haut que tout le Seigneur Comte de Guéhérard.

Lidorie ne voyoit pas ce défaut pour tel : au contraire, croyoit bonnement son père d'espèce supérieure, et le vénéroit d'autant; et sa bonne nourrice l'entretenoit en cette utile erreur;

car jamais n'a véritable tendresse d'enfant celui qui voit des défauts à son père : et tant est vrai que ce n'est pas seulement aimer ses parens qu'il faut, mais encore les respecter, que le souverain Seigneur a dit :

Tes père et mère honoreras, &c.

Ainsi avoit fait et faisoit Lidorie. Derechef, c'étoit à vrai dire un bon suzerain que ce Comte de Guéhérard : témoin encore un fait qui aura des suites dans notre chronique.

CHAPITRE V.

Comment arrive au château de Guéhé-rard un jeune et pauvre Damoisel.

Un jour, voici venir un jeune homme vêtu de noir, avec un long crêpe, les cheveux épars sur ses épaules, et monté sur un cheval si chétif, qu'à grand'-peine put-il arriver jusque dans la cour du château. Là, le cavalier mit pied à terre, se fit conduire devant le Comte, et, avec des larmes qui couloient comme ruisseaux, sortit de sa ceinture une lettre que lui remit.

Ainsi disoit la lettre :

Mon cher et féal frère d'armes,

Quand lirez cet écrit, le Seigneur

du ciel et de la terre aura disposé de moi. En mourant, je n'ai à déléguer à mon fils que mon vieux palefroi, qui ne lui sera pas long-tems de service, et ma vieille épée, qui oncques ne m'a failli; mais mon cher fils, je le délègue lui-même à vous, mon cher frère d'armes, vous priant de lui servir de père, de l'animer en courage par le récit de vos belles prouesses, et par leçons d'honneur que lui donnerez mieux qu'aucun au monde. A ce me confiant, je meurs avec moins de regret, et prierai l'Eternel de conserver long-tems le vaillant Comte de Guéhérard.

Adieu, cher frère; priez pour votre compagnon d'armes,

Le Baron DE MONTGRÉAL.

De fait, le Comte et lui s'étoient

liés dès long-tems par la fraternité
d'armes, et long-tems avoient par-
tagé même travaux et même gloire ;
mais ensuite le sort leur avoit fait part
bien différente. Tout avoit prospéré
au Comte de Guéhérard, déja riche,
et encore enrichi de plusieurs rançons,
ou autres événemens de guerre, tellement qu'il avoit rapporté force de-
niers, dont avoit grandement augmenté ses possessions.

Au contraire, le Baron de Montgréal avoit été fait trois fois prisonnier par les Sarrasins, qui avoient
voulu si forte rançon, que terres,
châtels, tout y avoit passé ; et le pauvre Baron étoit venu mourir de ses
blessures chez un de ses anciens vassaux qui, de sa pure générosité,

prenoit soin du fils, depuis que la mère étoit morte de ses douleurs.

Si le Comte de Guéhérard avoit su la dolente position du Baron, point n'auroit manqué d'accourir à son aide: aussi fut-il la première chose qu'il dit en lisant la lettre.

« De par sainte Marie, dit-il, le » Baron m'a fait une injure, dont il » me rendroit raison si encore étoit » de ce monde, et de force à porter » lance. Comment ! il défailloit de » tout, lorsque son frère d'armes avoit » de tout à foison ! A quoi donc pen- » soit-il, quand tenoit la fraternité du » Comte de Guéhérard pour si peu que » de ne pas recourir à lui ? Jeune » homme, sachez que votre père a » fait faute en chevalerie ; mais je la

» lui pardonne, à cause de ce qu'il
» vous confie à moi afin que vous sois
» un autre père. Oui, bien serai, si
» voulez être digne de lui, et des le-
» çons que pourrai vous donner. Em-
» brasez-moi, mon fils, et n'ayez plus
» de craintes sur l'avenir, puisqu'êtes
» adopté par le Seigneur Comte de
» Guéhérard ».

CHAPITRE VI.

Comment Lidorie et le jeune Damoisel sont disposés à s'enamourer l'un de l'autre.

PENDANT ce, le jeune Montgréal versoit larmes encore plus abondantes ; et, attendu que jà étoit beau Damoisel, cela le rendoit encore plus intéressant ; et Lidorie, naturellement compatissante à quiconque souffroit, le plaignit de tout son cœur. Puis, tant que le jour dura, s'entretint avec la bonne Paterne du pauvre Damoisel, qui, si jeune, étoit jà déconvenu du sort, quoique parût plutôt mériter d'en avoir les faveurs.

Ce

Ce n'étoit que parlage d'enfant, qui ne pouvoit voir de la peine sans la partager : Lidorie n'avoit que douze ans ; et la veuve Paterne, qui n'y voyoit que ce qui y paroissoit, entretint volontiers un devis qui plaisoit à sa chère fille. Si pourtant pouvoit-il se penser que, si n'étoit le premier trait d'amour, à cause de sa grande jeunesse et innocence, à tout le moins étoit-ce disposition à en être férie lorsqu'adviendroit le tems opportun : et ce d'autant plus, que le jeune Montgréal avoit ce qui devoit correspondre par sympathie au cœur de Lidorie.

D'abord ne comptoit que quatre ans plus qu'elle ; même douceur, même innocence, même sensibilité ; et sa figure bien contournée portoit à-la-

I.   C

fois air martial et gracieux caractère.
Du reste de sa personne, avoit la
taille robuste, mais bien prise, la
jambe fine, mais nerveuse : en tout,
joignoit graces avec annonce de force,
et promettoit d'être doux ami et redoutable guerrier.

S'il avoit intéressé Lidorie, Lidorie
lui avoit aussi porté atteinte au cœur.
Sans être belle en telle perfection
qui d'ordinaire produit dédaigneuse
vanité, elle possédoit un charme qui,
de première vue, attiroit tout le
monde devers elle. C'est que sa beauté ne se formoit pas de traits admira-
blement dessinés, mais de son ame
bonne et ingénue, qui venoit s'éployer
sur sa figure.

Son teint étoit blanchet, hormis ses

joues rondes et fraîches, sur quoi se voyoit légère nuance de rouge, qui devenoit plus vive, si peu qu'elle fût en émoi. Sur ses lèvres vermeilles sans cesse voletoit ce tant aimable sourire qui naît de la pureté du cœur. Sur ses yeux bleus grandes paupières se te-noient presque toujours baissées ; mais, quand se levoient, laissoient passer si doux regards, qu'à cause de cela seul auroit fallu l'aimer. Des cheveux d'un blond cendré faisoient un cadre char-mant à cette charmante mine. Une voix d'un timbre argentin, une taille souple et déliée, un maintien gra-cieux..... Ne possédoit pas encore tous ses charmes, puisqu'avoit tant seulement vu douze fois primevère ; mais jà auroit-on pu voir que vou-

C 2

loient se former jolies éminences bien
tracées, et adornées de deux bouton-
nets semblables à boutons de roses
qui commencent à poindre ; je veux
dire roses buissonnières, dont le rouge
est de couleur pâlotte : plus tard, est
bien certain que seront boutons de
roses à vive couleur.

Montgréal ne pouvoit en tant voir :
une double toile, d'un tissu bien serré, cachoit ces trésors naissans ; mais
en avoit d'ailleurs assez vu pour en
avoir le sein agité.

Point n'étoit là de veuve Paterne
avec qui deviser de Lidorie, comme
Lidorie devisoit de lui. N'avoit que
lui-même avec qui s'entretenir, et ne
s'en fit-il faute tant que dura la nui-
tée ; si bel et bien que la passa entière

sans clore l'œil : mais bientôt fut plus tranquille, parce que le Comte de Gué-hérard et la veuve Paterne , confians dans le si jeune âge de Lidorie et de Montgréal , leur laissèrent pleine liberté d'être ensemble à tout le jour.

———

CHAPITRE VII.

*Comment le jeune Damoisel gagne l'a-
mitié du Seigneur Comte de Guéhérard et de la veuve Paterne.*

D'AUTRE part, le Damoisel de
Montgréal, par son bon naturel, ga-
gnoit le cœur de chacun.

Tant que le Comte vouloit conter
et répéter ses anciennes courses et
prouesses, le jeune Damoisel l'écou-
toit émerveillé, et témoignoit le desir
de l'imiter autant que seroit en lui. Le
plus cauteleux flatteur ne l'auroit passé
ni en patience, ni en admiration :
combien plus, lui qui y alloit de bonne
foi, devoit-il flatter l'orgueil, et de

suite obtenir l'amitié du Seigneur Comte de Guéhérard.

Pour la veuve Paterne, il éprouvoit ce respect qu'inspire la vertu, quand elle n'est pas hérissée d'épines ; et celle de la bonne Dame n'offroit au contraire qu'indulgence et douceur. Le desir de vivre avec elle venoit du premier instant qu'on la voyoit : et elle, ayant cette vraie dévotion qui porte à aimer son prochain comme frère, en la divinité, facile étoit d'obtenir sa bénévolence.

Alla bientôt plus loin à l'égard du jeune Damoisel, et se prit pour lui d'amitié pas tout-à-fait maternelle, celle-là appartenoit à sa fille Lidorie ; mais la première place en après, elle la donna à Montgréal, sur-tout depuis qu'un jour, étant allé avant l'aube à l'oratoire du château, y trouva le Damoisel qui, pieusement agenouillé devant l'autel, et versant force larmes, prioit à voix mi-haute pour son père et sa mère, que bien croyoit en paradis, mais qui pouvoient au début n'être qu'en purgatoire, où la plus légère peccadille nous fait stationner un tems que les prières des vivans peuvent abréger.

Etoit si occupé que point n'entendit la veuve Paterne, qui, de son côté, après s'être grandement émerveillée de voir jeune homme si pieux, s'étoit enretournée sans faire le moindre bruit ; mais depuis le guetta, et observa que répétoit pareille chose deux fois la semaine, aux jours qu'avoit

perdu son père et sa mère : et dès lors,
l'aima de la plus tendre affection.

De son côté, il en fit autant, et lui
donna place dans son cœur en après
de Lidorie, et encore de celle qu'occupoient les images de ses parens;
images qui toujours y demourèrent,
ainsi que la piété pour leur mémoire.

Cependant le tems, qui tout use,
émoussa les pointes trop aiguës des
premières douleurs, ne laissant à leur
place que des regrets, qui plus ne
l'empêchoient de donner accès, sinon
à grande gaieté, tout du moins à
douce joie.

CHAPITRE VIII.

Comment se menoit une douce et agréable vie au château de Guéhérard.

ALORS le château de Guéhérard fut un vrai séjour de félicité, d'autant que chacun y jouissoit à sa manière. L'été, le Comte alloit dans ses domaines faire présence de maître, recueillir profondes révérences, et, par ceux qui tenoient terres de lui, se faire rendre devoirs de servage, qu'avoit achetés assez cher, comme avons dit plus haut.

Montgréal passoit les journées avec l'écuyer du Comte, manégeant palefroi, jouant de la lance, de l'épée, et courant la quintaine, dont revenoit

couvert de sueur et de poussière, et
Lidorie ne l'en trouvoit que mieux.
Femmes ont toujours aimé cavaliers
forts et vigoureux ès exercices de
Mars : savent bien pourquoi, celles
qui s'y connoissent ; mais novices l'i-
gnorent : et si pourtant n'en font pas
moins de même, tant sont éclairés sur
ce les vœux de Dame Nature.

Lidorie et sa chère nourrice pas-
soient dans l'oratoire les premiers instans de chaque journée, puis venoient
faire quelques ouvrages, qu'ensuite
donnoient aux pauvres. Après quoi
s'amusoient à dessiner, ouvrer broderie, tapisserie ; ensuite venoit un
valet Arabe, qui savoit et leur appre-
noit recettes et pansemens, et dont
les leçons finirent par rendre Lidorie

sur-tout si bonne Physicienne, que malades étaient aussi bien entre ses mains qu'entre celles de l'Arabe lui-même.

Une autre occupation encore de Lidorie, c'étoit de retourner bien exactement le sablier, et de le regarder à chaque minute, lorsqu'approchoit le moment où Montgréal devoit rentrer de ses exercices : peut-être aussi de s'impatienter tout bas contre le sable, qui ne couloit pas assez vîte. N'étoit encore qu'enfantillage : mais ainsi commençoit le malin dieu d'amour.

L'automne amena d'autres plaisirs. La récolte des fruits, les vendanges, tout est fête quand le ciel envoie une bonne année ; et celle-là en fut une. Le paysan, plus assuré de son vivre,

est

est aussi plus joyeux et plus offrant.
A chaque fois que la veuve Paterne,
Lidorie et Montgréal sortoient, étoient
invités d'entrer dans quelque chaumière, où trouvoient fruits, laitage,
propreté, air de joie et d'empresse-
ment; et ces goûters, le plaisir qu'y
trouvoient nos deux jeunes gens, leur
en faisoit autant de fêtes.

Le Comte ne voyoit pas avec autant
de satisfaction sa fille manger ainsi
chez des villains, tant redoutoit de dé-
roger à la dignité du Seigneur Comte
de Guéhérard! Mais, voulant effacer
la tache qu'il craignoit, imagina de
donner chaque fois à la nourrice beaucoup en sus de ce que le goûter pourroit valoir; ce qui moult fâchoit ces
pauvres paysans, qui par ainsi per-

I.   D

doient le plaisir qu'ils avoient eu à offrir. Est vrai que la nourrice et les deux jeunes gens les consoloient, en leur prouvant qu'ils n'en emportoient pas moins de reconnoissance ; car, quand on s'est attendu à cette monnoie du cœur, aucune autre ne peut la remplacer. Ains au contraire alors monnoie d'argent devient humiliante.

Puis, un beau jour de dimanche, leur fut donné une belle fête, où le Comte, ne craignant pas de dérogeance, parce qu'étoit lui qui donnoit, permit à sa fille de se familiariser avec les jeunes paysannes : Montgréal se mêla aux villageois, et franche gaieté anima la fête. Il n'y eut jusqu'à la bonne Paterne, qui, oubliant ses cinquante ans, ne le céda pas aux plus

jeunes. Vraie dévotion aime les plaisirs honnêtes, et s'y livre avec cette
simplesse que gens vertueux ne per-
dent jamais.

L'hiver, se faisoient souventes fois
des chasses à courre cerfs, loups et
sangliers, qui, presque toujours sui-
vis et forcés étoient de telle manière,
que venoient recevoir la mort à la vue
du château.

Faut-il dire qu'au moindre bruit,
Lidorie couroit ouvrir la fenêtre, et,
tant forte fût la bise, étoit là prêtant
l'oreille, et portant son regard à l'entour, tant qu'elle oyoit quelque bruit,
si long-tems dura-t-il ? D'autant plus
y étoit empressée, que toujours Montgréal s'y distinguoit par sa force, sa
valeur, son agilité, et qu'il étoit rare

D 2

que laissât au Comte autre chose à
faire que le dernier coup d'honneur :
car n'en vouloit pas davantage l'orgueil du Seigneur Comte de Guéhérard.

Le soir, réunis sous le pavois de la
cheminée, on devisoit de la chasse,
dont le Comte ne manquoit de s'appro-
prier la plus grande part de gloire.
Delà passoit à la répétition de ses
vieilles prouesses. D'autres fois se faisoient des lectures choisies, de sorte
que vaillance, piété et autres vertus
s'en augmentoient encore. Veuve Paterne faisoit de ces contes de bonnes
gens, qui font rire à tout cœur, sans
que s'y trouve ni méchanceté satirique,
ni répréhensible équivoque : finissoit
par chanter d'anciennes romances,
dont les autres redisoient les refrains.

CHAPITRE IX.

Comment amour porte trouble et con-
trainte aux cœurs de Lidorie et du
Damoisel.

A primevère recommencèrent plaisirs
champêtres; et l'année se passa comme
celle qui l'avoit précédée : ainsi en fut
encore à-peu-près de la suivante ; mais
de l'autre n'en fut aucunement de
même.

Quand la nature se prit à fermenter
d'amour, quand la terre vint chaleureuse pour produire fleurs et verdure,
quand oiselets commencèrent à s'ébat-
tre sous la ramée, alors Lidorie et
Montgréal se sentoient agités, ne sa-

D 3

voient de quoi ; mais leur sein battoit
plus vîte ; et se soulevoit sans cesse,
comme oppressé par gros soupirs qui
s'en exhaloient. Distractions conti-
nuelles venoient troubler leurs travaux. Plus ne leur étoit possible d'être
ailleurs qu'ensemble ; et si pourtant
s'y sentoient-ils mal à l'aise. En vain
cherchoient-ils leur ancienne gaieté
enfantine , plus ne trouvoient de
gaieté. Auroient toujours voulu se
fixer de leurs regards ; et s'ils se rencontroient, baissoient vîte leurs paupières ; puis rouge brûlant venoit s'é-
pandre sur leurs joues. Se trouvoit-il
un peu de tendre dans les romances
de la nourrice ? si-tôt larmes se pré-
sentoient à leurs paupières.

Et les nuits ! c'étoit bien autre

chose ! Souvent appelloient en vain le sommeil. A sa place venoient agitations violentes, tourmens indéfinissables ; tellement que ne pouvoient tenir en leur couche, jadis si paisible, et contraints étoient de se lever, pour ouvrir les fenêtres, et chercher, dans la fraîcheur de la nuit, un soulagement que ne rencontroient pas là plus qu'ailleurs. Ou bien, quand excès de veille les accabloit jusqu'au dormir, à peine avoient-ils clos l'œil, que venoient entour d'eux voltiger mille et mille songes tant plus bizarres, mais toujours montrant à chacun l'image de l'autre.

Ainsi amour commençoit à les enflammer de ses feux. Chaleurs brûlantes de l'été ne firent qu'augmenter l'in-

cendie ; et les pauvres enfans étoient
jà tout embrasés, que point ne s'en
doutoient.

Veuve Paterne n'y pensoit pas davantage : les bonnes gens sont peu
soupçonneux. Le Comte de Guéhérard
voyoit de trop haut pour appercevoir
si minces détails ; et le malin Dieu
d'amour alloit toujours tenant le feu
couvert, mais n'en faisant que plus
de ravages.

———————

CHAPITRE X.

Comment ne fut plus possible à l'amour
de céler ses effets.

ENFIN advint un moment où, rom-
pant tout obstacle, flammes d'amour
s'éployèrent avec violence.

Lidorie, fatiguée de tant et si longues souffrances secrettes, finit par
être prise d'accès de fièvre qui se répé-
tèrent, en augmentant chaque fois :
bientôt fallut se mettre au lit, où maladie vint l'assaillir au point qu'on eut
crainte de la perdre.

Ce fut alors que veuve Paterne vit
bien l'amour des deux jeunes gens.

Montgréal passoit les jours et les
nuits au chevet de Lidorie, et se la-

mentoit, se désespéroit, si qu'étoit
pitié de le voir, de l'entendre, s'é-
criant sans cesse : —— « O mon Dieu !
» mon Dieu ! prenez ma vie, et sau-
» vez Mademoiselle Lidorie. Aussi
» bien n'en veux-je point sans elle.
» Que ferois-je au monde sans Li-
» dorie » ?

En vain la bonne Paterne faisoit-
elle ses efforts pour le renvoyer. Tout
ce qu'elle pouvoit obtenir de lui, étoit
de se montrer quelques instans à ses
heures d'exercice, et de se cacher en
un petit cabinet, proche de la malade, si-tôt qu'on entendoit venir le
Comte.

Lidorie, de son côté, quand la fièvre
troubloit son cerveau, ne cessoit de
répéter le nom de Montgréal.

CHAPITRE XI.

Comment le Damoisel fait un pélerinage pour obtenir la guérison de Lidorie.

CEPENDANT le mal alloit toujours croissant. Le valet Arabe n'y comprenoit plus rien. Les plus fameux physiciens furent appelés, et ne réussirent pas mieux. Le désespoir étoit dans le château. Montgréal perdoit la tête. Le Comte de Guéhérard oublioit sa fierté jusqu'à laisser voir son attendrissement. Veuve Paterne s'agenouilloit du matin au soir et du soir au matin devant son prie-Dieu, qu'elle arrosoit de larmes. Un jour, elle le quitte subitement, comme par inspiration :

« Mon ami, dit-elle à Montgréal,
» il y a encore un moyen de l'obtenir
» de Dieu, s'il n'a pas à fait arrêté de
» l'appeler à lui. A dix lieues d'ici est
» la chapelle de Notre-Dame aux cu-
» res merveilleuses. Faut y aller pieds
» nuds, y porter un cierge assez grand
» pour que dure sept heures à se con-
» sumer. Faut rester, tant qu'il brûle
» encore, prosterné devant l'image de
» Notre-Dame, puis entendre pieuse-
» ment trois messes, faire ses dévo-
» tions à la dernière, et mettre dans
» le tronc une pièce d'or pour l'entre-
» tien de la chapelle; ensuite prendre
» dans une phiole de l'eau que l'on
» voit sourdir goutte à goutte par une
» pierre du mur de la chapelle, et
» l'apporter à boire à la malade ».

Montgréal

Montgréal s'écrie : —— « Oh ! dites-
» moi , dites-moi vîte de quel côté
» faut aller ; je pars à l'instant même.
» Ferai la route pieds nuds , comme
» vous dites ; mais faudroit envoyer
» le meilleur palefroi de Monseigneur
» son père , pour que , quand aurai
» puisé l'eau , me soit possiblé de re-
» venir bien vîte. Encore est-il une
» chose qui m'embarrasse , s'il la faut
» à force ; c'est la pièce d'or : savez
» que rien ne possède au monde ».

Veuve Paterne reprit : —— « Et
» vous, mon enfant, savez bien que
» suis seconde mère de Lidorie , et
» à-peu-près la vôtre : vais dire à
» Monseigneur d'envoyer un palefroi.
» Quant au reste, tenez » (en sortant
de son aumônière deux pièces d'or)

I.   E

« en voilà une pour la chapelle, et
» une autre que distribuerez aux pau-
» vres ».

Le Comte entra tandis que parloit
ainsi. Il entendit la fin de ce qu'elle
disoit, et vit les deux pièces d'or....
Lors se mit en grand courroux, de ce
que la nourrice vouloit se charger
d'une dépense qui le regardoit; et, lui
rendant ses deux pièces d'or, en donna
quatre à Montgréal, lui enjoignant
d'en employer moitié à une fonda-
tion, pourquoi ne manqueroit pas de
faire charger le registre du nom du
Seigneur Comte de Guéhérard. En outre, promit d'envoyer sur la route
deux bonnes haquenées, afin que fût
plutôt de retour.

Aussi-tôt Montgréal s'enpartit,

ayant en main un grand cierge, la tête découverte et les pieds nuds.

N'avoit pas fait cinq cents pas, que jà ses pieds étoient meurtris, tôt après tout déchirés ; mais n'en tenoit compte, et cheminoit toujours : tant que, sans prendre de repos, arriva à la chapelle au moment que le soleil se couchoit. Y passa la nuit en oraison, le cierge brûlant. Comme finissoit de donner lumière, l'aube parut. Lors vinrent les prêtres ; il entendit les trois messes : enfin fit de point en point ce qui lui étoit prescrit ; puis s'en revint si vîte, que se trouva au château quand on le croyoit encore à la chapelle.

Combien fut grande sa joie, en apprenant qu'à l'heure même où avoit entendu la première messe, un abcès,

que Lidorie avoit dans la poitrine,
s'étoit de lui-même mis hors, et que,
de ce moment, la regardoit-on sauvée!

Néanmoins elle but la phiole d'eau
de Notre-Dame aux cures merveilleuses, afin de parachever sa guérison. De fait, alla toujours de mieux
en mieux jusqu'à tout-à-fait bien;
et fut un chacun en grand contentement, comme avoit été en grande
douleur.

CHAPITRE XII.

Ce que fut fait à l'occasion de la gué-
rison de Lidorie.

A sa première sortie , Lidorie se
rendit à l'oratoire , attendant que plus
entier retour de ses forces lui permît
d'aller ès-lieux mêmes rendre graces
à Notre-Dame aux cures merveilleuses. De l'oratoire, voulut se promener en un sien petit jardin qu'affec-
tionnoit beaucoup ; et point n'en serez
surpris , lorsque saurez qu'étoit l'ou-
vrage de Montgréal.

Il avoit été négligé, à l'instar du
reste , pendant la maladie de Lidorie ;
mais étoit réparé depuis sa convalescence , même augmenté d'un petit

E 3

tertre, sur lequel se voyoit un cyprès,
avec ses branches et racines, gissant
à terre, comme arraché par le vent;
et couvert de rosiers fleuris en telle
quantité, que du cyprès s'en apper-
cevoit seulement de quoi le savoir là.

Assez étoit sensible cette représen-
tation figurée : aussi Lidorie la paya-
t-elle d'un tant doux regard, que le
Damoisel, pour en obtenir un second
semblable, auroit recommencé, en
même façon que l'avoit jà exécuté, le
pélerinage de Notre-Dame aux cures
merveilleuses.

Pendant que se le disoit à part lui-
même, et que de lui Lidorie se disoit
aussi beaucoup de choses à part elle,
sortit de derrière un buisson une
troupe de jeunes filles vêtues de blanc,

portant des corbeilles de roses effeuil-
lées, qu'épandirent sur le cyprès, jusqu'à ce qu'en fût entièrement caché.

Puis, la plus jolie de la bande vint
dire de mémoire un beau compliment,
et donner un bouquet à Lidorie, un
à veuve Paterne, un autre à Montgréal....... Elle rougit en présentant
celui-là.... Lidorie rougit aussi. Montgréal s'en apperçut ; et remettant à
la bonne nourrice le mérite d'avoir
sauvé la malade, par ses soins et par
l'idée qu'avoit eue du pélerinage, en
prit le prétexte de lui déférer son bouquet. Veuve Paterne, en faisant des
trois un seul, fut d'avis de les consacrer dans l'oratoire.

On s'y rendit aussi-tôt avec le cortége de jeunes filles, qui, y étant

arrivées, se prirent à chanter un can-
tique en si douce et si pieuse harmo-
nie, que les cœurs en étoient enlevés.

Le Comte de Guéhérard y vint
aussi, attiré par le chant, dont éprouva un tel effet, qu'oubliant son orgueil, s'entremêla aux paysannes, et
à leurs voix clairettes joignit la sienne,
encore mâle, qui, avec celle de Montgréal, commençant à le devenir, et
tous deux prenant bien l'accord des
autres, fit un ensemble moult satis-
faisant. Après quoi Monseigneur voulut que l'on dînât au château, et de
plus, à même table que lui : mira-
culeux effets des actes pieux, qui,
rappelant l'homme à lui-même, effa-
cent ces lignes de séparation que l'orgueil a la sottise de tracer !

Après le dîner, le valet Arabe prit
une vielle, dont maniveloit assez
bien. On dansa, et tout le jour ne
fut que joie et passe-tems.

———————

CHAPITRE XIII.

Comment Lidorie et le Damoisel apprennent que sont énamourés l'un de l'autre.

A quelque tems de là, veuve Paterne proposa aux deux jeunes gens de porter le déjeûner en un bois solitaire, et assez distant du château. La partie fut aussi-tôt acceptée, aussi-tôt faite ; et s'y préparoit-on à déjeûner gaiement : mais point n'en fut ainsi. Veuve Paterne avoit un air sérieux que n'avoit jamais eu, et qui tenoit les deux jeunes gens en grande gêne et contrainte.

Enfin la bonne nourrice leur parla ainsi :

« Ce n'est pas pour une partie de
» plaisir, mes chers enfans, que vous
» ai proposé de venir en lieu si soli-
» taire : c'est pour deviser avec vous
» d'une affaire importante, de quoi
» dépend le sort de votre vie ».

Lidorie et Montgréal l'écoutoient immobiles, la regardant d'un œil fixe et en même tems effrayé, retenant leur souffle, et se sentant le cœur serré par mille craintes sur ce qu'alloit leur dire.

Ainsi continua-t'-elle, en s'adressant à Lidorie :

« Vous croyez, ma chère fille, avoir
» retrouvé la santé ? Et vous, mon
» enfant, » (à Montgréal) « vous
» croyez ne l'avoir pas perdue ? Eh

» bien! apprenez que tous deux êtes
» atteints d'un mal,..... le pire mal
» qu'il y ait, dont peut-être ne guéri-
» rez de la vie, du mal d'amour enfin».

A ce mot, les deux jeunes gens per-
dirent à fait leur contenance, bais-
sèrent les yeux, et sentirent de même
coup frisson de glace et flâme brûlante courir avec leur sang.

Lors la bonne Paterne, leur prenant
les mains, et quittant son air sévère,
ajoute :

« Oui, mes enfans, vous vous ai-
» mez d'amour extrême et violent,
» d'amour qui, bien le vois-je, ne
» finira qu'avec vous : cependant ne
» faut pas vous effrayer. Si l'amour
» est souvent maladie, n'est pas tou-
» jours malheur : mais, pour ce, faut

qu'au

» qu'au lieu de son brandon , soit
» éclairé du grand jour. C'est mystère
» qui gâte tout ; et celui qui voyage
» en vue des autres ne quitte jamais
» la bonne voie. Faut donc que, sans
» perdre un instant, notre Seignéur
» et Maître soit informé...... »

« Ah ! ma mère ! » s'écrièrent-ils
en même tems, et se jettant dans ses
bras, « ah ! ma mère ! que nous pro-
» posez-vous ? » Montgréal ajouta :
——« Je sens trop, ô ma seconde mère !
» qu'avez raison, en me croyant ma-
» lade d'amour violent, et qui certes
» durera autant que ma vie. De même
» avez raison, en pensant que tel mal
» est grand malheur, si vertu ne l'ac-
» compagne ; et la vertu veut, le sais
» bien, que le tort de m'être ainsi

I.   F

» laissé férir d'un trait, que pourtant
» n'ai pu parer, Monseigneur de Gué-
» hérard le sache tôt, au risque de
» recevoir la mort de lui ; car est bien
» certain que, s'il faut renoncer à
» Mademoiselle Lidorie, en mourrai
» de douleur : mais bien que je sente
» lui devoir cette confession, jamais
» ne pourrai, non, jamais n'aurai le
» courage.... »

    —— « Eh bien ! mes enfans, me
» chargerai de parler ; et savez assez
» que ne pouvez avoir de meilleur
» avocat. »

CHAPITRE XIV.

Comment le Seigneur Comte de Guéhé-
rard se conduisit en apprenant l'a-
mour du Damoisel pour Lidorie, et
le retour dont étoit payé.

On repartit pour le château. La route durant, Montgréal ne parla que de ses craintes, à cause de son peu de mérite et de sa pauvreté.

Lidorie cheminoit sans dire mot. Par fois, gros soupirs sortoient de sa poitrine ; par fois, se détournoit pour essuyer larmes qui venoient perler sur ses paupières ; par fois encore, à la dérobée, promenoit lentement son regard sur le Damoisel, ensuite le

F 2

portoit vers le Ciel tant piteusement,
que sembloit dire — « O mon Dieu !
» ne me l'enlevez pas, celui que mon
» cœur a choisi ! »

A mesure qu'approchoient du château, les transes des deux amans augmentoient. Auroient voulu que promp-
tement l'aveu fût fait, pour promp-
tement savoir si mort ou bonheur les
attendoit ; et pourtant faisoient des
vœux que le Comte ne s'y trouvât
pas, et qu'ainsi le terrible moment
fût différé. Ainsi en fut-il ; et s'en dé-
sespérèrent ; car passèrent dans une
cruelle étreinte jusqu'au moment où
revint le Comte.

O comme les pauvres amans trem-
blèrent de tout leur corps, en enten-
dant hennir son palefroi ! Ne purent

que prendre chacun une main de la
bonne Paterne, la presser contre leur
sein, et se sauver, Lidorie dans son
appartement, Montgréal dans un petit bois tenant au château.

L'une de derrière le rideau de sa
fenêtre, l'autre caché par un buisson,
virent la bonne nourrice s'acheminer
gravement au devant du Comte, lui
parler, et entrer avec lui dans la tourelle ès archives, où étoit le cabinet
particulier .... Alors force pensa leur
faillir à fait; mais inquiétude les soutenoit, et fièvre trop violente agitoit leur
sang.

Montgréal faisoit quelques pas,
s'approchant de la tourelle, et se re-
culoit tôt, crainte d'être apperçu :
mais restoit les yeux fixés sus, et

F 3

l'oreille tendue pour écouter..... quoique lui fût impossible d'entendre, en étant trois et quatre fois trop distant.

Lidorie, plus tremblante que feuille de peuplier pendant l'orage, alloit de sa fenêtre à la porte de sa chambre, quelquefois jusques sur l'escalier, se hasardoit même à descendre quelques marches, en s'appuyant contre la muraille, tant étoit foible de sa frayeur; puis, au moindre bruit, cette même frayeur lui donnoit la force de se sauver aussi vîte que l'éclair, dans son plus reculé cabinet, d'où tôt après retournoit sur la pointe du pied, avançant un pas, en reculant un autre, mais finissant par se trouver encore sur l'escalier, d'où fuyoit encore de même, si peu qu'entendît bruire.

Enfin la porte de la tourelle s'ou-
vrit. A ce coup, Lidorie et Montgréal, frappés à la fois, bien que ne
pussent pas même se voir, tombèrent
prosternés, et quasi morts d'effroi.
Grandement s'accrut il encore, lorsque le Comte vint hors la tourelle;
et, de sa voix haute, appela le Damoisel de Montgréal. Lors les pauvrets se crurent à leur dernier moment.

Si pourtant le Comte appela de
nouveau le Damoisel de Montgréal :
mais en même-tems veuve Paterne
l'appela aussi d'un ton qui lui rendit
un peu de courage. Il vint donc, pâle,
défait, ralentissant sa marche à mesure qu'il s'approchoit; et, quand fut
à quelques pas, s'arrêta, sans seule-

ment oser lever les yeux ; et seroit
demeuré là, si veuve Paterne ne lui
eût dit —— « Approchez, mon enfant,
» et ne craignez rien. Monseigneur le
» Comte de Guéhérard veut votre
» bonheur. »

Montgréal s'élance, embrasse les
genoux du Comte. Celui-ci lui dit :
 « Relevez-vous, jeune Damoisel, et
» écoutez-moi. Oui, vous permets d'as-
» pirer à la main de ma fille ; êtes de li-
» gnage assez antique et assez renom-
» mé : mais n'avez rien, le savez, et
» n'êtes encore rien par vous-même ; et
» faut, pour obtenir Lidorie, de ri-
» chesse un peu, de gloire beaucoup.
» Gagnez-en, vous serez mon gendre.
» Allez occire Maures, Sarrazins, et
» autres infidèles ; faites de leurs chefs

» prisonniers, rançonnez-les chère-
» ment; pillez mosquées, synagogues,
» châteaux, villes même, si le pou-
» vez, tout est bonne prise sur des
» païens; en un mot, que votre épée
» vous rapporte seulement le dixième
» de ce que ma fille aura; point n'en
» exige davantage; encore n'est-il
» que pour la forme. C'est sur tout
» en faisant pleine moisson de gloire
» que mériterez de devenir mon hé-
» ritier. Avez trois années que vous
» octroie. Si, au bout de ce tems,
» revenez digne de mon alliance,
» vous engage ma parole que serez
» l'époux de Lidorie, et le fils du
» Seigneur Comte de Guéhérard. »

Le Damoisel répond — « O Mon-
» seigneur! ne puis exprimer ce que

» m'inspirent tendresse et gratitude.

» Les plus fortes expressions ne se-

» roient rien auprès de ce que éprouve

» en mon ame. Oui, avant trois ans,

» aurai moissonné tant de gloire que

» sûrement reviendrai digne de Ma-

» demoiselle Lidorie et de Monsei-

» gneur son père ; ou serai départi

» de ce monde les armes à la main ;

» mais ne suis pas Chevalier ; n'ai

» ni destrier , ni armes que l'épée

» de Monseigneur mon très-honoré

» père..... Damoisel , oubliez qu'avez

» le Seigneur Comte de Guéhérard.

» — O mon second père ! — Dès de-

» main , mettez-vous en retraite. Dans

» huit jours, vous armerai Chevalier.

» Du reste en fais de même mon af-

» faire. »

Pendant ce colloque, la veuve Paterne avoit couru chercher Lidorie,
qu'avoit trouvée dans une détresse
affreuse, et qu'elle eut grand'peine
à persuader des bonnes dispositions
de son père. Plus encore en eut à l'a-
mener vers lui. Y parvint cependant.

Dès que le Comte l'apperçut, il la
rassura en lui tendant la main, et en
lui disant : —— cc Approche-toi, chère
» fille; il ne tient qu'à ce jeune Da-
» moisel de devenir ton époux. Ta
» bonne nourrice m'a tout conté :
» bien vois-je que ne méritez l'un et
» l'autre aucun reproche..... »

Il auroit continué; mais jà Lidorie
étoit évanouie dans les bras de veuve
Paterne. Elle fut tôt revenue à elle,
et courut se jetter dans ceux de son

père ; et pas n'est besoin de dire combien elle lui fit de vives et tendres caresses.

Se devine aussi comme étoient les regards que portoit sur le Damoisel, et comme étoient ceux que celui-ci portoit sur elle ; et comme, quand elle fut seule avec sa bonne nourrice, elle l'accabloit de baisers, pleuroit sur son sein, l'appeloit sa vraie mère, et lui disoit tant de choses dont s'épanchoit son cœur, rempli de bonheur et de sentimens.

———

CHAPITRE

CHAPITRE XV.

Comment le Damoisel se dispose à partir, et des encouragemens qui lui sont donnés.

LE lendemain venu, Montgréal entra en retraite, dont ne fut plus distrait que pour faire préparer ses armes, l'équipage de son cheval, et lire et relire tous les cahiers traitant des principes de chevalerie. Je dis ne s'occupa plus, c'est-à-dire en ses actions ; car en son penser, avoit un objet qui l'occupoit par-dessus tout, la belle Lidorie.

Ne la voyoit plus qu'à table, où le Comte leur permettoit une honnête liberté. Montgréal en profitoit en ne

I. G

cessant de lui répéter que , si ne
passoit de vie à trépas, sûrement re-
viendroit avant trois ans , digne d'elle
et de Monseigneur son père. De là,
prit occasion d'annoncer que se nom-
meroit LE CHEVALIER AU DOUX ES-
POIR , jusqu'à ce que pût se dire le
plus heureux des Chevaliers.

Un jour, encore plus encouragé par
le Comte , osa requérir de Lidorie
d'emporter quelque don de sa main....
Elle rougit. Son père fit un signe d'ap-
probation. Veuve Paterne sourit ; et,
la prenant par la main , l'emmena, en
disant aux autres : —— « Attendez ,
» attendez , ne serons pas long-tems
» sans vous faire réponse ».

De fait , elle revint incontinent,
ramenant Lidorie, que falloit un peu

contraindre, et qui portoit un paquet qu'elle présenta respectueusement au Comte, lui disant : —— « Monsei-
» gneur, quand l'aurois eu finie à fait,
» vous l'aurois apportée de même, afin
» que en fissiez à votre vouloir ».

Le Comte déroula le paquet. C'étoit une écharpe de soie gris de lin, sur laquélle, en bellé broderie, avoit tracé des pensées et des immortelles, et, au milieu, une couronne de lau-riers, autour de quoi étoit écrit :
—— *En moissonnera sûrement beau-coup le Chevalier armé par le Seigneur Comte de Guéhérard.*

Parmi la couronne, avoient d'abord été dessinés les traits de quelques feuilles de myrte : mais étoient effa-cés pas tant cependant que le Comte

G 2

n'en apperçût la trace ; ce qui le fit sourire d'une manière que Lidorie en fut décontenancée ; mais au même tems mua son embarras en grande joie, en disant : —— « Ma fille, faut » finir ce que tu avois commencé. Se » peut promettre guerdon d'amour, » quand doit être acquis par la gloire. » Ce sont telles promesses et tel es- » poir qui font les grands Chevaliers. » Achève donc ces feuilles ; et en- » suite de ces mots : *En moissonnera* » *sûrement beaucoup le Chevalier armé* » *par le Seigneur Comte de Guéhérard,* » ajoute ceux-ci : —— *Et les cherchant* » *pour en mériter Lidorie* ».

Il lui rendit la ceinture. Elle se jetta dans ses bras, et lui donna un tendre et vif baiser, pendant quoi Montgréal tenoit la main du Comte, que pressoit contre son cœur.

Au même instant, on apporta un écu neuf que le Comte, le sien étant trop aheurté, avoit commandé pour Montgréal, mais dont il avoit laissé l'ordonnance au vouloir du Damoisel.

Celui-ci y avoit fait graver bien en leur ordre, et sans en manquer une, les étoiles qui se voient en regardant le pôle. Elles étoient burinées au brillant sur un fond assombri par les picotures du burin. La polaire seule se différencioit des autres ; avoit l'entour de ses pointes tracé en simples lignes, pour encadrer une L formée de clous d'acier taillés en pointes de diamans, et jettant un éclat merveilleux. En-

G 3

tour de l'écu se lisoit : ELLE EST MON
ÉTOILE POLAIRE.

Le Damoisel prit l'écu, le porta au
Comte de Guéhérard, et, agenouillé,
lui demanda s'il permettoit........
— « Ce sera moi-même », dit le
Comte, « qui te le mettrai au bras,
» le jour que t'armerai Chevalier. Je
» veux, en attendant, m'en servir,
» et avec, courir deux ou trois fois la
» quintaine, afin que l'ayant porté,
» devienne mien, et que par là s'y im-
» prime vertu de victoire, ainsi que
» l'ont toujours eue les armes du Sei-
» gneur Comte de Guéhérard ».

Lorsqu'eut fini, veuve Paterne,
appelant Montgréal devers elle, lui
dit :

« Mon enfant, puisque tout le

» monde vous fait un don, aussi vous
» ferai-je le mien. »

Lors tira de son aumonière une
grande médaille d'argent fin , sur
laquelle, d'un côté, étoit une vierge
en relief, de l'autre s'y voyoit à l'entour, en nombre suffisant , et bien
formés en ronde bosse , les grains
d'un chapelet , dont les deux bouts
venoient se joindre dans le haut de
la médaille, et y tenir suspendue une
croix qui en occupoit le milieu.

En la lui donnant, veuve Paterne
ajouta : « Mon enfant, ne manquez
» un seul jour de dire ce chapelet.
» Moi, soyez sûr que n'en passerai
» pas un sans dire mon rosaire entier
» à votre intention , et sans prier
» le Ciel.... »

La voix lui faillit par l'oppression de son sein. Quelques larmes rouloient en ses paupières. Sans plus dire mot, elle attira Montgréal plus près d'elle, l'embrassa, et lui présenta sa joue vénérable, où le Damoisel déposa un baiser aussi tendre comme auroit fait un fils à sa mère chérie.

CHAPITRE XVI.

Comment , pour conférer l'Ordre de Chevalerie au jeune Damoisel , le Seigneur Comte de Guéhérard donne un grand repas , auquel vient un Seigneur Comte de Cédramont , et ce qu'en est de ce Suzerain.

Enfin advint le grand jour où devoit être conféré au Damoisel Ordre de Chevalerie. Le Comte voulut donner le repas du paon, et à ce invita les Chevaliers, Baronnets, Châtelains et Suzerains des entours : ils y vinrent en foule : mais ne parlerai que d'un; et, par la suite, se verra pourquoi.

C'est du Seigneur Comte de Cédra-

mont, beau-frère du Comte de Guéhérard, dont avoit épousé la sœur en
depuis une vingtaine d'années : mais
celle-ci avoit quitté la vie six mois
après son mariage ; et, à cette occasion, débats d'intérêts avoient divisé
les deux beaux-frères à tel point que,
depuis, n'avoient plus voulu se voir,
d'autant que chacun tenoit dose d'orgueil trop démesurée, pour ne s'être
pas fortement aheurtés ; avec cette
différence pourtant que bonté d'ame
accompagnoit et faisoit pardonner celui du Comte de Guéhérard, et que
n'en étoit pas ainsi de celui du Comte
de Cédramont.

Depuis quelque tems, un Châtelain
de leur voisinage (car les châteaux
de Guéhérard et de Cédramont n'é-

toient distans l'un de l'autre que de six lieues) ce Châtelain d'esprit conciliateur travailloit à les rapprocher. Le Comte, qui n'avoit de véritable fiel, profita de l'occasion qui se présentoit, lui dépêcha un estafier pour le convier au repas du paon ; le Comte de Cédramont accepta, et vint.....

Grande peine eurent à ne pas rire Lidorie et le Damoisel, en le voyant arriver.

Un nain le précédoit, qui, s'arrêtant au pont-levis, cria à haute voix : —— « Estafiers et valets du Seigneur » Comte de Guéhérard, allez annon- » cer à votre maître que voici venir » Monseigneur le Comte de Cédra- » mont, son beau-frère, et son féal » ami. »

Tôt après parut le Comte de Cédramont lui-même, dont se pourra
juger par le portrait que vais en faire.

A un corps de nain, Dame Nature
avoit, par un de ses jeux bizarres,
attaché jambes et bras de géant ; mais
seulement par la longueur, qui sembloit s'être étendue aux dépens de la
grosseur, si bien qu'on auroit dit
autant de bâtons brisés en façon de
fléaux à battre en grange. Sur ses
épaules inégalement élevées en contre
haut, se voyoit tête si grosse, si
lourde, que ne se concevoit pas comment gardoit l'équilibre : le visage à
l'avenant du reste, la chevelure fauve
et laineuse. Ajoutez à tout cela quelques supplémens que lui avoit valus
son orgueil, en l'excitant à nom-
breuses

breuses hargneries , dont portoit té-
moignage et preuve de chacune , en
ayant toujours recueilli quelque bon
horion.

Ici , avoit eu un genouil déboîté ,
et cette jambe-là se traînoit à grand'-
peine après l'autre. Là , avoit eu le
bras fracassé, dont s'étoit raccourci de
plusieurs pouces , et grossi d'un calus
énorme. Ailleurs , la mentonnière de
son casque avoit été bosselée en telle
sorte, que l'empreinte en étoit restée
sur la mâchoire , et du coup , quatre
ou cinq dents avoient été obligées de
partir. Dans une autre occasion, la
pointe d'une épée avoit tant approché
de son œil droit , qu'en depuis y gardoit fontaine toujours fournissant espèce de larmes épaissies. Fais grace au

I.   H

lecteur des balafres, et autres traces moins marquantes. Suffit de dire qu'avoit eu vingt querelles, et que son corps en avoit pour ainsi dire tenu registre, ayant conservé peu ou prou note de chacune.

Ne parlerai plus que de son esprit et de son caractère.

Du premier, aurai tôt fait ; n'en avoit non plus que l'ânon du moulin, dont tenoit beaucoup par son entête-ment et son humeur quinteuse.

Quant à son caractère, avoit à un point outre cuidance orgueil de toutes les façons. Orgueil de naissance, qui lui faisoit nombrer les quartiers, pour y mesurer son accueil ; de là simples vassaux étoient vus de lui, comme étant d'une autre pâte, et

les villains encore pis. Orgueil de ri-
chesse, dont se pavanoit, comme si
chaque arpent de terre l'eût grandi
d'un pouce. Orgueil d'oisiveté, qui
vouloit que, hormis chercher des
horions et commander aux autres,
il voyoit toute autre occupation bien
là-bas au-dessous de lui. Orgueil
plus ridicule encore, qui lui faisoit
parler sans cesse des combats que
avoit livrés, voire même se glorifier
des preuves qu'en conservoit, ne
manquant pas d'ajouter, bien qu'on
sût le contraire, qu'à ses adversaires
en avoit fait encore pis.

Pour achever de le rendre insup-
portable, à tout propos, c'étoit MOI;
et encore MOI; et toujours MOI. Pas
plus mention des autres que néant;

H 2

ou, s'il en mentionnoit, c'étoit pour
en traiter comme escabelle sur quoi
élevoit d'autant et plus son Moi
éternel.

Que dirai-je ? N'étoit jusqu'à son
nom qu'avoit fabriqué son orgueil.
Point ne lui suffit celui de Rochebrune, que portoient ses ancêtres;
y ajouta celui de Cédramont, dans
la vue de se représenter dominant
sur les autres, ainsi que le cédre sur
la montagne.

CHAPITRE XVII.

Comment arrive et se présente le Sei-
gneur Comte de Cédramont.

Tel se comportoit ledit Seigneur,
sans que dise rien de trop à sa charge :
mais le voilà qui entre. Place, place
au Seigneur Comte de Cédramont.

Sa casaque est de beau velours bleu,
couvert en broderie d'or ; ses bottines
sont de cuir moresque, avec nombre
de clous dorés ; ses éperons du plus
fin or, sont encore au double plus
riches de travail que de matière ; son
mantel est accroché par une large
agraffe, garnie de perles fines et
d'un beau rubis au milieu. Dans cet

H 3

accoutrement, semble sur son palefroi, qui est de la plus haute taille, semble, dis-je, un petit ballot de riches marchandises; car autre chose n'est apperçu du cavalier que l'énorme panache dont son feutre est chargé, et que de loin on voit, sans rien plus, entre les oreilles du palefroi, dont la superbe encolure, masque à-fait le chétif personnage qui le monte. Le harnois est couvert des armoiries du Comté, et la bride est tenue par deux Pages vêtus de beaux habits, blâsonnés de même.

Arrivés à l'entrée de la cour d'honneur, un des Pages ajoute à l'étrier une espèce de marchepied qu'avoit apporté sous son bras; non pas que la distance entre l'étrier et la terre

fût trop grande pour le Comte, dont
vous ai dit que les jambes avoient
longueur et minceur de fléaux, mais
parce qu'à cause de ses disloquures,
seroit plutôt resté dix ans en selle que
d'en descendre sans un triple supplé-
ment à l'étrier : en outre, l'autre Page
vint aussi lui prêter aide ; et avec
effort et patience, le Comte se trouva
sur ses pieds.

De là, s'achemina assez vîte d'une
jambe, mais moult lentement de l'autre, son corps grêle recherchant à
chaque pas, au moyen d'un grand
balancement, l'équilibre qu'avoit perdu au pas d'auparavant, et sa grosse
tête se rejettant vîte du côté opposé,
sans quoi auroit, en suivant le mouvement du corps, emporté tout le

reste. Mêmes graces accompagnèrent
son salut ; bêtise et vanité dictèrent
son compliment ; ainsi en fut-il de
toute sa conversation : mais autres
objets occupoient les conviés.

Le repas étoit des plus recherchés ;
les vins exquis. Au dessert on eut des
jongleurs, des ménestrels qui firent
divers jeux, et chantèrent seul à seul,
ou à mi-partie, plusieurs lais des plus
célèbres ; mais plus que de tout cela,
on étoit occupé du Damoisel, dont
la modestie n'empêchoit de deviner
l'intrépidité. Chacun se plaisoit à
l'admirer, et certes n'en faisoit-on
pas moins à l'égard de la gente pu-
celle que devoit avoir pour guerdon
de ses prouesses.

CHAPITRE XVIII.

Comment le Seigneur Comte de Cé-
dramont osa devenir amoureux de
Lidorie, et jaloux du Damoisel.

LE pourra-t-on croire, que le Seigneur de Cédramont fit plus qu'admirer Lidorie ? que, malgré sa tour-
nure, et près de soixante ans, il eut
l'audace de se prendre d'amour et de
convoiter un si beau trésor ?

De là, se rendit autant aimable que
lui étoit possible, et n'en devint que
plus ridicule : mais un peu plus, un
peu moins, point ne se remarque là
où la dose est déjà forte ; et l'oncle
resta pour ses frais, sans que seule-

ment doutance en vînt ni à sa nièce Lidorie, ni à aucun autre.

Après le repas, fut conféré par le Comte de Guéhérard au Damoisel, l'Ordre de Chevalerie, avec la plus grande pompe que possible à un simple Suzerain.

Sitôt que le Damoisel eut reçu l'accolade de son parrain d'armes, en requit la permission de recevoir de Lidorie l'écharpe, et de prendre sur sa main un gage de bonheur et de victoire. Le Comte répond : — « Veux » bien vous l'octroyer. »

Sitôt le Damoisel court vers elle moult empressé, s'arrête quelque tems plus encore embarrassé; enfin, met un genouil en terre; et, tout tremblant du plaisir qu'alloit goûter, et de la crainte d'avoir été trop osé, ose pourtant appuyer sur sa blanche main un baiser doux et brûlant.

Lidorie n'étoit moins oppressée. Sur ses belles joues se succédèrent rapidement, et à plusieurs reprises, roses et lys. N'y resta plus que roses incarnates, lorsque sentit le baiser, et du même tems sentit un feu courir dans ses veines. Le Damoisel éprouva même chose; et leurs yeux se le dirent assez.

Durant ce, quel est celui qui jà souffre tourmens de jalousie ? C'est l'oncle, le ridicule Seigneur de Cédramont. Son œil lance sur sa nièce et sur Montgréal un regard de fureur, aussi perdu que les tendres œillades qu'avoit précédemment hasardées ; et en lui-même prononce mille imprécations contre cet heureux couple.

La fête se termina par courses de bagues, et autres passe-tems de nobles. Puis chacun se départit devers son château, après avoir souhaité aux deux jeunes gens tout le bonheur que méritoient. Le Seigneur de Cédramont prononça ce souhait comme les autres, mais des lèvres seulement ; fors que les autres l'avoient formé dans la sincérité de leur cœur.

Ainsi finit cette journée qui, las ! n'en devoit plus laisser au Damoisel que huit à passer avec celle auprès de qui voudroit demourer sa vie durant. Aussi mélancolie fut-elle

toujours

toujours entre eux , sans que même
les pieux et maternels reconforts de
la veuve Paterne y pussent rien.

Las ! alloient se séparer : étoit une
amertume que rien ne pouvoit adoucir.

I.   I

CHAPITRE XIX.

Comment le Damoisel eut un Ecuyer pour l'accompagner dans ses courses.

L<small>E</small> lendemain, se vit venir à cheval un estafier aux livrées du Seigneur de Cédramont. Apportoit au Comte de Guéhérard la lettre que voici :

C<small>HER</small> B<small>EAU</small>-F<small>RERE</small>,

M'a paru que votre beau Damoisel n'a pas encore fait choix d'un Ecuyer. Si en est ainsi, je vous offre et recommande un mien vassal, qui, sur l'éloge que lui ai fait du Damoisel, brûle d'aller à sa suite. Est un homme assez à l'aise ; et ne veut que l'honneur d'être suivant d'un vaillant Chevalier.

Si donnez réponse favorable à mon desir, de suite achetera un cheval : ne lui manque autre chose pour partir.

Sur ce, je prie Dieu, cher Beau-Frère, que vous garde et vous maintienne en santé.

Le Seigneur Comte DE CÉDRAMONT.

Le Seigneur de Guéhérard accepta l'Ecuyer : mais point ne voulut qu'achetât un cheval, se chargeant de lui en donner un, pourvu que sur un côté du caparaçon fussent appliquées, en grande évidence, les armes du Seigneur Comte de Guéhérard.

Ainsi fut arrangé ; et, deux jours après, arriva l'Ecuyer.

Parut à tout le monde un homme serviable, prévenant ; son parler couloit mielleusement ; alloit caressant un chacun ; faisoit, en un mot, ce que pouvoit pour plaire ; et si pourtant, sans qu'aucune raison on pût en rendre, ne parvint à plaire à personne.

CHAPITRE XX.

Comment le Damoisel souffrit , en s'éloignant du château de Guéhérard.

Au demourant, Paquerel (c'est le nom de l'Ecuyer) n'en partit pas moins avec le Damoisel.

Qu'ai-je dit ? Quel mot cruel viens-je d'écrire ? — Partir ! Se séparer quand on s'aime ! Las ! c'est presque mourir !...

Dieu ! qu'advint-il de la pauvre Lidorie, lorsqu'entendit, car n'avoit pas eu la force de rester là au dernier moment, lorsqu'entendit les pas des chevaux ébranler les madriers du pre-

mier pont-levis, puis ceux du second!
A ce coup, les forces l'abandonnèrent
à-fait, et tomba dans les bras de sa
nourrice, où demoura long-tems quasi
morte.

Pour le pauvre Damoisel, avoit le
cœur tant plus souffrant, qu'étoit
contraint de retenir les pleurs qui pàr
torrens séroient venus inonder ses
joues. A chaque pas de son destrier,
se retournoit pour regarder ce château, où tant avoit passé d'heureux
jours, et où laissoit pour long-tems,
peut-être à toujours, sa douce et
chère amie.

Bientôt à travers les bois, n'en vit
plus qu'une partie, puis rien que le
donjon ; lors reprit le petit pas,
jusqu'à ce que ne vît plus rien du

tout ; et , quand le dernier point
échappa à sa vue , poussa un gros
soupir , et mit son cheval au galop,
comme voulant profiter d'un élan de
courage : mais ne dura ce courage
que jusqu'à une plaine , d'où se re-
voyoit , ou plutôt d'où se devinoit,
tant en étoit éloigné , ce château
chéri.

Là étoit un hameau , où décida que
s'arrêteroit la nuit , bien que le jour
à-peine passât son milieu ; mais en
demoura le restant à cette place,
d'où se voyoit le château de Guéhérard. Y revint, le lendemain, avant
l'aube ; et , après l'avoir encore long-
tems regardé , réunissant toutes les
forces de son ame, dit à son Ecuyer :

« Allons, Paquerel ; partons , ar-

» rachons-nous d'ici. Ce retard, en
» courant devers l'honneur, est ma
» première foiblesse : j'espère que sera
» la seule ; et crois que devois ce
» tribut à l'amour. »

« Sans doute, » répond Paquerel,
avec sa voix emmiellée : « mais, si
» croyez que soit un tort, sais un
» bon moyen de le réparer. A deux
« journées d'ici, pouvez trouver aven-
» ture périlleuse, et qui vous cou-
» vrira de gloire. »——« Courons-y, »
repart le Damoisel.

———————

CHAPITRE XXI.

Comment le Damoisel se tira de son premier fait d'armes.

De fait, l'aventure étoit des plus périlleuses. Le Damoisel avoit en tête un adversaire redoutable, et en outre félon par outrance ; tellement que, voyant la vaillance du Damoisel, le fit attaquer par plusieurs à la fois ; et ne sais si celui-ci n'auroit pas trouvé la mort dans son premier fait-d'armes, sans que deux Chevaliers passant par ce lieu, et voyant cette trahison, vinrent à son secours ; et, à eux trois, firent prisonnier le traître

Châtelain , et ceux des siens que
n'avoient pas occis.

Ce n'est le tout. Les deux Chevaliers, qui alloient devers la Comté de
Guéhérard., se chargèrent d'y conduire cette prise , où répandit grande
joie ; d'abord , parce qu'on recevoit
par-là des nouvelles de Montgréal ;
ensuite , parce que cette première
aventure , dont les deux Chevaliers
firent grand récit , confirmoit l'idée
qu'on avoit de sa vaillance.

Le Comte s'écria : — « Bon ! sera
» digne de l'adoption du Seigneur
» Comte de Guéhérard. » — « Ce
» cher enfant ! » dit veuve Paterne ;
« ce qu'il y a de plus heureux, c'est
» qu'il n'est pas blessé. Oh ! si le Ciel
» entend mes prières , il ne le sera

» jamais, dangereusement au moins ;
» et, pour les autres blessures, sa
» mie lui a enclos dans sa mallette
» les meilleurs remèdes que puissent
» être composés. »

Lidorie . . . . . sa bouche ne disoit
rien : mais son cœur . . . . oh ! combien il en disoit ! Oh ! comme avec
brûlante ferveur s'élevoit vers l'Eternel, et le conjuroit de veiller sur son
cher Damoisel !

Le Châtelain prisonnier demanda
à se racheter, et offrit, pour lui et
son monde, une forte rançon qu'accepta le Comte, en y ajoutant deux
conditions.

L'une que, si derechef tomboit
en félonie, se déclaroit lui-même
déchu au rang de villain ; l'autre,

qu'en lieu même de sa défaite, plan-
teroit un poteau, sur lequel inscriroit
cette note :

*Ici a livré son premier combat,
lequel étoit moult périlleux, et rem-
porté sa première victoire, le Damoi-
sel-au-doux-espoir, élève et filleul
d'armes du Seigneur Comte de Guéhérard.*

———

CHAPITRE

CHAPITRE XXII.

Comment le Damoisel se tira de plusieurs autres aventures.

A peine cette première prouesse du Damoisel étoit sue au château de Guéhérard, que jà en faisoit une autre encore plus surprenante, où ne lui advint nul secours étranger, et d'où cependant sortit encore vainqueur, avec tant plus de gloire qu'avoit en tête un géant initié ès arts de magie. Point ne ferai le détail des coups que férit et que para le vaillant et adroit Damoisel : suffit de savoir que les plus braves qui l'avoient précédé y avoient

I.   K

succombé, et que lui remporta pleine
victoire.

Ne ferai davantage le récit de tous
les combats que livra. Dirai seulement
que toujours occit, ou terrassa son
ennemi. Dirai encore que oncques
Chevalier ne courut des aventures
plus périlleuses.

Son Ecuyer Paquerel sembloit en
faire exprès la recherche. Sitôt le Damoisel sorti d'une, Pasquerel venoit,
avec son air patelin, lui dire : —— «En
» sais une autre où cueillerez encore
» plus de gloire » —— Montgréal ré-
pondoit : —— «Courons-y; » et n'a-
voit jamais que cette réponse.

Si fut-il plusieurs fois dangereusement blessé : mais force de son tem-
pérament réparoit le mal ; car, les

remèdes que Lidorie avoit enclos dans
sa mallette, le coffret en étoit perdu
depuis long-tems, sans que pût en
rendre raison Paquerel, qui pourtant
l'avoit à sa garde.

Ai dit que ne réciterois, ni ne
nombrerois ses grandes et infinies
prouesses ; veux cependant raconter
le plus grand danger que courut. Ce
fut chez une femme ayant un talisman de magie, et où le doucereux
Paquerel l'engagea à gîter pour une
nuit.

A peine y fut-il endormi, qu'un
songe, envoyé exprès par son hôtesse, lui apporta une lettre du Comte
de Guéhérard, qui, content de ce
qu'avoit fait, le rappeloit, afin de
lui donner à épouse sa douce amie.

K 2

Le même songe l'amena au château de Guéhérard. Enfin, à son réveil, par une autre illusion, se trouva aux genoux de Lidorie.

Bien on se doute qu'étoit pure magie, et que l'ouvrière de ces fausses apparences avoit pris celle de l'amie du Damoisel. Parfaite étoit la ressemblance. Ainsi en étoit-il du son de voix, de la taille, de la marche, des attitudes. Seulement y manquoit le charme principal, cette simplicité touchante, le plus grand attrait de la beauté, et que rien ne remplace : mais n'étoit sa faute ; la plus adroite magie est là arrêtée. Peut bien grimacer cette ingénue simplicité, mais oncques ne l'imitera parfaitement.

Combien fut étonné le Damoisel,

lorsqu'au lieu d'elle, se présenta cette coquetterie qui agace, et qui, après avoir attiré, guette, en faisant semblant de se défendre, le moment de succomber !

Cependant, entraîné par l'occasion, par le tumulte des sens, le Damoisel alloit céder à l'erreur. Avoit, tout en réfléchissant à ce changement d'ingénuité en provoquante coquetterie, avoit, dis-je, fait quelques pas, lorsque, posant la main sur le cœur de la Dame, il s'écria : —— « Ce n'est » point Lidorie : son cœur est froid » et tranquille. »

A cette découverte tenoit l'enchantement, comme semblable ne tient jamais plus, dès que le cœur est connu pour ce qu'il est. Sitôt la magie dis-

K 3

parut, et le Damoisel reconnut son hôtesse. Lors prit et mit en pièces son talisman, et d'elle exigea que, sans aucun délai, allât se consacrer, pendant une année, au service de Lidorie.

En faisoit de même, chaque fois qu'en combat emportoit un avantage. Imposoit au vaincu, ou, s'il l'avoit occis, ordonnoit à l'Ecuyer, ou autre suivant, d'aller incontinent en porter la nouvelle au château de Guéhérard.

CHAPITRE XXIII.

Comment chacun recevoit les nouvelles
des victoires du Damoisel.

A chaque message, Montgréal ne
manquoit de joindre une lettre pour
le Comte ; et en icelle en étoit toujours incluse une, sans être scellée,
qu'adressoit à sa douce amie.

Pas n'est besoin de dire combien
étoit chaleureuse et tendre d'amour
honnête, pas plus de dire quelle liesse
épandoit dans l'ame de Lidorie, comme
pleuroit en la lisant, comme la reli-
soit et pleuroit encore, et cela tant
de fois que ne sauroit se nombrer.

Son père, de son côté, se pavanoit

à chaque exploit nouveau , ne manquant de répéter : — « Le savois bien
» que seroit un héros l'élève et filleul
» d'armes du Seigneur Comte de Gué-
» hétard ! »

Veuve Paterne s'ébahissoit que Damoisel de tant douce humeur férît des
coups si terribles , s'ébattoit en joie
de ses succès , doubloit son rosaire
en actions de graces au souverain
Seigneur ; et , pressant sa chère fille
contre son sein , toutes deux versant
larmes de contentement , lui disoit :
— « Voyez , chère fille , qu'ai bien
» fait de le dire à Monseigneur votre
» père. Le Damoisel seroit encore ici,
» comme oiseau niais dans son aire ;
» vous vous aimeriez l'un et l'autre
» en fraude ; et qui sait ? une fois

» que le malin esprit a fait le moin-
» drement trébucher, ne cesse pas que
» n'ait conduit à chute entière. Au
» lieu de ce, votre ami se couvre de
» gloire; Monseigneur votre père le
» chérit chaque jour en plus ; et suis
» assurée que finirez par arriver à vrai
» bonheur. Ainsi ne manque jamais
» d'être tôt ou tard, lorsque Dame
» Vertu mène la marche. »

Le Seigneur de Cédramont ; car,
s'étant fait grand ami du Comte de
Guéhérard , oncques ne quittoit presque plus le château, où, tant que
pouvoit, miroit Lidorie de ses vilains
yeux, qui lançoient regards en même
tems convoiteux et sinistres ; disoit
donc le Seigneur de Cedramont, lorsqu'arrivoit nouveau message . . . . .

— « Comment ! ce Damoisel s'en
» est encore tiré ! C'est donc un diable,
» ou son armure est enchantée. Si
» pourtant ne devrois-je pas en être
» surpris, en voyant la merveille de
» beauté qui lui est promise. Sais bien
» que, moi, Seigneur Comte de Cé-
» dramont, si pareil guerdon avois
» en perspective, irois de ce pas défier,
» et sûrement vaincre les plus redou-
» tables Chevaliers de l'univers. Les
» victoires de ce petit Damoisel ne
» seroient que jeux d'enfans près des
» miennes; et l'hommage qu'en ferois
» à ma belle nièce, auroit encore en
» avantage des siens, d'être présenté
» par un homme tel que MOI. »

Comment répondre ? Pas autrement
que par le silence du mépris. Ainsi

faisoit Lidorie ; d'où advenoit que
rage d'orgueil humilié se joignoit à
fureur d'amour dans le cœur de Cédramont.

———

CHAPITRE XXIV.

*Comment, à de si bonnes nouvelles,
il en succède qui amènent grand deuil
au château de Guéhérard.*

Qu'importoit à Lidorie ce que
pouvoit penser Cédramont ! N'étoit
pour elle qu'un objet dans l'univers.

Oh ! comme fut dolente, en apprenant que son ami se préparoit à
s'embarquer ; qu'aux dangers des
combats alloient se joindre les ha-
sards de cette mer perfide, contre
quoi courage de héros ne sert à rien ;
enfin, que s'écouleroient de longs,
de bien longs tems, sans que pût avoir
de ses nouvelles !

De

De fait, s'étoient jà passés quinze
joürs. Etoient quinze siècles pour
Lidorie. Avoient aussi semblé bien
lents à veuve Paterne ; au Comte de
Guéhérard lui-même .... Cependant
on étoit résigné à de plus longues
attentes, lorsqu'un jour un des serviteurs accourant ....

— « Monseigneur, ne sais que je
» vois au bout de la grande avenue.
» Y arrive en ce moment un homme
» tout noir , sur un cheval capara-
» çonné de noir , avec longs crêpes
» noirs , que le vent fait promener
» deçà et delà. »

Le Comte s'écria, en frappant dans
ses mains : — « Bon ! C'est certai-
» nement le maître de quelque riche
» galère que le Damoisel aura cou-

I.   L

» lée à fond. Fort bien, Montgréal,
» fort bien. Faut rendre célèbre sur
» mer comme sur terre, l'élève et
» filleul d'armes du Seigneur Comte
» de Guéhérard. » —— Disant cela,
il courut au-devant de l'homme noir.

Lidorie, si bonne idée n'en avoit.
Son cœur se serroit, ses paupières se
remplirent de larmes, un frisson courut dans ses veines. —— « O ma bonne
» mère ! ne sais pourquoi ; mais ce
» message, à l'opposé des autres, me
» fait grand mal. Est sûrement un
» message fâcheux ; en ai presfenti-
» ment. »

Las ! avoit raison l'infortunée Lidorie. Cet homme noir étoit Paquerel,
menant à sa suite deuil et douleur,
apportant la plus affreuse nouvelle...

A peine en eut dit le premier mot,
que par-tout s'épandit la consternation ;
et, quand parvint à Lidorie, en fut,
pendant plus d'une heure, hors de la
vie, et n'y rentra que pour tomber
si malade, que long-tems et sans cesse
étoit prête à en sortir à fait.

Voudrois m'en dispenser : mais,
las ! faut le dire ; étoit la mort du
Damoisel que l'Ecuyer Paquerel venoit annoncer.

Avoit, disoit celui-ci, trouvé enfin
un Chevalier plus fort que lui, qui,
du premier choc, l'avoit jetté bas de
son cheval ; et, après un bref combat
à l'épée, l'avoit tellement féri en plusieurs endroits, que l'avoit laiffé mort
sur le champ de bataille, où cependant
le Damoisel étoit revenu à la vie un

instant qu'avoit employé à écrire avec
son sang un billet contenant ces mots :

   N'ai plus qu'un moment à vivre :
le partage entre Dieu et Lidorie....
Songe aussi à Monseigneur de Guéhé-
rard, à veuve Paterne ..... *Adieu,*
tous ...... *Priez* ......

   — « N'a pas pu finir, » disoit
Paquerel ; « sa plume, que tenoit à
» grand'peine, et pouvez en juger par
» l'écriture méconnoissable, sa plume
» est tombée de sa main défaillante,
» sa tête s'est penchée sur moi, son
» œil s'est clos .... Il a encore pu
» me dire de vous rapporter, ainsi que
» l'ai fait, la médaille au chapelet,
» l'écharpe : m'avoit donné même com-
» mandement pour son épée, son ar-
» mure ; mais, comme, après sa mort,

» me préparois à suivre ses derniers
» ordres ; quatre estafiers, envoyés
» par le vainqueur, sont venus l'em-
» porter couvert de ses armes. Ont
» aussi emmené son destrier, et, par
» grande grace, m'ont octroyé de par-
» tir avec le mien et les objets que
» vous apporte. »

Chacun se fit recommencer ce cruel
récit, et se recommençoient à chaque
fois larmes et sanglots. N'étoit dans
le château, voire même dans toute
la Comté, qu'un deuil affreux.

Le Comte de Guéhérard lui même
se montroit plus sensible que oncques
n'en eût été soupçonné. Demouroit
des heures entières sans parler ; puis
disoit à Paquerel, (que gardoit à son
service en mémoire du Damoisel) :

L 3

— « Comment ! du premier choc,
» jetté bas de son cheval ! — Mon
» Dieu ! oui. — Et tué après un bref
» combat ! — Mon Dieu ! oui. —
» Bref, dis-tu ! — Mon Dieu ! oui.
» — Mon élève ! Etre vaincu ! Et
» l'être aussi facilement ! Quel ter-
» rible Chevalier étoit-ce donc, pour
» vaincre ainsi le filleul d'armes du
» Seigneur Comte de Guéhérard ! »

La première fois avoit ajouté : —
« Le vengerai, ou y périrai. Conduis-
» moi, Paquerel, où se peut espérer
» de le rencontrer. Faut que soit occis
» de ma main, ou moi de la sienne.
» Si suis le vainqueur, au moins aurai
» le corps de l'infortuné Damoisel, et
» le ferai placer convenablement dans
» les caveaux de ses ancêtres. »

De fait, seroit parti à la minute. Si
bravoure s'assoupit quelquefois avec
l'âge, en grande occurrence se ré-
veille aussi ardente qu'au tems de
jeunesse : mais Paquerel lui avoit répondu qu'étoit un Chevalier inconnu,
qui s'étoit du même tems rembarqué
sur une galère sans pavillon, lors
amarrée au rivage.

CHAPITRE XXV.

Comment de nouveaux malheurs conti-
nuent d'apporter la désolation au
château de Guéhérard.

Un seul être vouloit faire écho aux
doléances des autres, et discordoit
avec eux, parce que manquoit du
ton naturel qu'hypocrisie avec son
adresse oncques ne peut assez at-
traper. C'étoit le Seigneur de Cédramont, que cet événement combloit d'une joie qui se laissoit entre-
voir sous l'air de tristesse que vouloit
affecter.

Devint plus assidu au château de
Guéhérard, sur-tout auprès de Lido-

rie. Sa maladie avoit été terrible ,
mais de peu de durée , et lui restoit
à languir dans une longue convalescence , que le Seigneur de Cédramont
prolongeoit encore par son insuppor-
table assiduité.

Une fois cependant , deux jours se
passèrent sans que parût au château.
Seulement y adressa une lettre , à
l'effet de prier le Comte de lui envoyer Paquerel pour objet important.

Paquerel alla devers lui , et s'en
revint le lendemain , avec un visage
tel , que le Comte lui dit : — « Qu'as-
» tu donc ? — Ah ! Monseigneur ! de
» fâcheuses nouvelles. — Le Comte
» de Cédramont seroit-il malade ? —
» Monseigneur , faut que vous entre-
» tienne en particulier. »

Quand ils sont seuls : — « Ah !
» Monseigneur : quel événement !
» quelle occurence fâcheuse ! Pour-
» quoi faut il que soit moi qui vous
» annonce .... ! Mais peut-être
» aurez-vous de quoi détruire.....
» Je l'espère, je le souhaite , j'en
» conjure le Ciel. — Achève donc,
» Paquerel. — Eh bien ! Monseigneur,
» le nouveau clerc auquel le Comte
» de Cédramont a remis l'administra-
» tion de ses biens, vient de décou-
» vrir un titre que, moi, votre ser-
» viteur, ai vu, touché et lu, par
» lequel il apparoît que Monseigneur
» votre père avoit engagé la Comté
» de Guéhérard au père du Seigneur
» de Cédramont , moyennant une
» somme et des conditions, que ne

« paroît avoir remplies à l'époque
» passée depuis long-tems. Tout est
» perdu, si n'avez un autre titre où
» le Seigneur de Cédramont recon-
» noisse que Monseigneur votre père
» s'est acquitté. »

—— « Aussi l'ai-je, Paquerel. Suis
» sensible à ta frayeur ; est une preuve
» de ton attachement. Mais rassure-
» toi : ai sûrement ce titre. Souvent
» en ai-je entendu parler à Monsei-
» gneur mon père. Le trouverons ès
» archives : allons-y de ce pas. »

Y allèrent en effet : mais, au grand
étonnement du Comte, eut beau chercher, point ne trouva le titre. Lorsqu'eut tenu tous les papiers, lorsque
fut au dernier, se sentit comme ter-

rassé, et n'eut que la force de s'écrier :
« Dieu ! seroit-il possible ? »

   Après un long silence : — « Pa-
» querel, cours vîte chez le vieux
» Ferjus. Lors étoit Ecuyer de Mon-
» seigneur mon père : nous donnera
» des documens . . . . Mais ne prenois
» pas garde que fait nuit bien noire,
» et un tems affreux. — Qu'importe,
» Monseigneur ? Rien ne peut arrêter
» Paquerel, quand faudra vous servir.
» — Brave Ecuyer, te récompenserai
» dignement . . . . . . si retrouve mon
» titre ; car, s'il est perdu, serai
» cruellement serré de fortune, mon
» pauvre Paquerel : mais te ferai tou-
» jours autant de bien que me sera
» possible. »

Le

Le vieux Ferjus se souvenoit, et dit
que sur son ame répondroit que le
défunt Seigneur de Guéhérard s'étoit
acquitté envers le défunt Seigneur de
Rochebrune, père du Comte de Cédramont; qu'avoit vu le premier dé-
poser ès archives l'écrit, lequel contenoit promesse de rendre l'autre écrit,
au retour d'une galère sur laquelle il
étoit avec d'autres effets venans des
pays d'outremer, parce que c'étoit
dans ces pays que le défunt Seigneur
de Guéhérard avoit contracté cet en-
gagement avec le père du Seigneur
de Cédramont. Ajouta que trois Chevaliers, le Baron de Sombreroche,
le Comte de Martemor, et le Sire
de Montverd avoient servi de témoins :
mais étoient morts tous les trois.

I   M

Ce récit du vieux Ferjus confirmoit le fait ; mais ne pouvoit convaincre qui refuseroit de le croire ; et Cédramont refusa.

— « Eh bien ! » dit le Comte, « soutiendrai le dire de Ferjus, les » armes à la main : » mais avec le titre qui étoit contre lui, le combat pouvoit se refuser ; et Cédramont le refusa.

Le Comte fit maintes propositions différentes d'accommodement : mais Cédramont s'y refusa toujours.

Tantôt furieux et tantôt consterné, le Comte, un moment, faisoit juremens et imprécations par milliers ; un autre moment, tomboit dans l'affreux silence du désespoir impuissant, et long-tems demouroit ainsi.

La bonne Paterne cherchoit à le réconforter, un peu par la raison, beaucoup par la religion : mais en vain y employoit-elle cette onction de la véritable piété : ne pouvoit entendre à nulle consolation le pauvre Comte, qui, dans peu, alloit ne plus être Seigneur de Guébérard.

Pour Lidorie.... las ! avoit perdu son ami : plus rien ne lui importoit ; plus rien n'étoient à ses yeux grandeurs et richesses. Avoit perdu son ami : ne vouloit plus que pleurer et mourir.

Pauvre Lidorie ! tu ne sais pas ce que l'on trame d'ajouter encore à tes peines !

CHAPITRE XXVI.

Comment le Seigneur Comte de Cédra-
mont abuse de la circonstance pour
faire une proposition au Seigneur
Comte de Guéhérard.

Un jour que Paquerel avoit été
envoyé devers le Seigneur de Cédramont, à l'effet de tenter un nouvel
accommodement , en revient avec
l'air joyeux, et disant au Comte, de
tant loin qu'il le voit :

— « Monseigneur , ai, cette fois,
» de bonnes nouvelles. Ne tient qu'à
» vous de rester Seigneur de Gué-
» hérard. — Comment ? Que dis-tu ?
» — Monseigneur, suis chargé de

» vous porter paroles de paix, voire
» même d'alliance. —— D'alliance ?
» —— Oui, Monseigneur ; et, si le
» voulez, sera chose tôt conclue.
» Monseigneur le Comte de Cédra-
» mont est énamouré de sa nièce,
» de Mademoiselle Lidorie. Si veut-
» elle le prendre à époux, de même
» temps sera déchiré ce titre qui, sans
» ce, vous dépouille de ce que pos-
» sédez. —— Seroit-il possible ? ——
» Vous l'assure ; en suis chargé par
» lui-même. —— Mais il est son oncle.
» M'enverra devers Rome la Sainte,
» acheter la permission de prendre sa
» nièce à mariage. —— Mais il voit
» combien elle aime encore, bien
» que ne soit plus de ce monde, le
» Damoisel de Montgréal. ——Le sait :

M 3

» mais espère qu'après mariage, son
» amour, par soins et prévenances,
» obtiendra du retour. — Mais onc-
» ques n'en voudra ma chère Lidorie.
» — Monseigneur, êtes père et sou-
» verain maître. N'avez que deux
» partis à prendre en cette occurrence.
» Remettre incontinent votre belle
» Comté de Guéhérard, ou prendre
» pour gendre le Seigneur de Cédra-
» mont. Tout perdre, ou contracter
» une alliance qui réunira deux im-
» menses fortunes. Votre fidèle ser-
» viteur point n'osera vous donner
» de conseil; mais va prier le Ciel
» de vous inspirer le parti que devez
» prendre. »

Le Comte de Géhérard resta long-
tems pensif ; après quoi dit avec un

grand soupir : —— « Le faut bien, s'y
» résoudre. Point de chêne qui ne cède
» à un fort ouragan. Vaut mieux, en
» telle extrêmité , être le flexible ro
» seau. »

D'un même tems, fit appeler la veuve
Paterne , et d'elle exigea que disposât
Lidorie, et la décidât à conserver à son
père , en devenant Dame Comtesse de
Cédramont , sa fortune , et le titre dé
Seigneur Comte de Guéhérard.

Fallut que la bonne nourrice obéît.

CHAPITRE XXVII.

Comment Lidorie fut moult affligée dans cette circonstance.

O<small>H</small> ! comment dirai-je le coup que cette proposition porta au cœur jà si malade de la pauvre Lidorie ! Comment dirai-je les pleurs que répandit ! l'état de mort dans lequel tomba et demoura long-tems ! les douces et déchirantes plaintes qu'adressa au Ciel !

A lui aussi veuve Paterne en appeloit, afin que donnât à sa chère fille courage d'obéir ; représentant à celle-ci qu'offensoit le souverain maître, en voulant dévouer sa vie à l'inutilité, à cause d'un homme qui plus n'étoit de

ce monde ; que chacun se devoit à
mariage ; et que, ne pouvant plus
aimer personne d'amour, valoit autant le Seigneur de Cédramont qu'un
autre ; que même plus valoit en l'occurrence, puisqu'ainsi Monseigneur
de Guéhérard conservoit ses biens et
sa Comté, dont, sans cela, alloit être
dépouillé ; que, si le Seigneur de Cédramont n'étoit d'un caractère avenant,
femme douce, sage et persévérante,
comme ne manqueroit d'être sa chère
fille Lidorie, en corrigeroit une partie,
et se soumettroit à supporter l'autre.

Savoit trop la veuve Paterne que
telles raisons ne pouvoient avoir grande
force auprès de sa chère et malheureuse
fille. Si les faisoit-elle à contre gré,
et son cœur saignoit-il en engageant

cette pauvre victime à marcher au sacrifice.

Le Comte de Guéhérard en étoit aussi moult affligé : mais étoit commandé par sa cruelle position ; et, après avoir fait inutilement employer tous les moyens de persuasion auprès de Lidorie, qui n'avoit pour réponse que le nom de Montgréal, des larmes et des évanouissemens, enfin se décida à dire que le vouloit absolument.

—— « Le voulez, Monseigneur mon » père ? Eh bien ! obéirai. Si en meurs, » aurai la consolation d'avoir fait mon » devoir. »

Et, ce disant, tenoit embrassés les genoux de son père que mouilloit de ses larmes. Le Comte eut grande peine à s'empêcher de pleurer aussi, tant

souffroit-il du sacrifice qu'exigeoit de
sa fille, qui ajouta :

— « N'ai qu'une grace à vous
» demander : et même oserai en faire
» une condition absolue ; c'est que
» jamais, à aucun jamais, on ne me
» séparera de ma chère nourrice. Faut,
» avant tout, que le Seigneur de Cé-
» dramont le signe de sa main. — Le
» lui demanderai, » répondit son père,
qui, après cette réponse, n'eut que le
tems de s'arracher d'auprès d'elle, tant
étoit par trop suffoqué de sa propre
douleur, et du spectacle de cette résignation.

Lors Lidorie se jetta dans les bras
de sa chère nourrice, qui, du même
mouvement, se lança dans les siens,

et ainsi demourèrent long-tems pleu-
rant sur le sein l'une de l'autre, sans
articuler un seul mot.

Pendant que sont ainsi, le Comte
craignant le retour de son cœur, s'est
dépêché de faire porter sa parole au
Seigneur de Cédramont. Paquerel est
parti. Jà est revenu avec une lettre
amicale au Comte de Guéhérard, et
en icelle un tendre billet pour Lidorie.

Pauvre Damoiselle ! en fut bien
pis, lorsque fallut recevoir, faire
même accueil à ce vilain homme,
que son amour enlaidissoit encore,
et dont chaque défaut rappelloit une
qualité du Damoisel qu'osoit remplacer. N'eut à ses yeux qu'un mérite,
celui de souscrire par écrit et par ser-
ment

ment authentique à ce qu'avoit demandé, de n'être jamais séparée de
sa chère nourrice.

Las ! éprouvoit trop dans ce moment de quel prix est une amie, dans
le sein de qui on peut répandre des
larmes, et qui y mêle les siennes. Ne
faisoient toutes deux autre chose. La
bonne Paterne toujours commençoit
par essayer de la reconforter, mais
toujours finissoit par pleurer avec
elle, et aussi amèrement.

Si pourtant les jours s'écouloient.
Les préparatifs étoient finis. Ne man-
quoit plus que Paquerel revenir de
Rome.

En revint, avec écrit du Pape qui
permettoit le mariage; et, dès le lendemain, la malheureuse victime fut

I.   N

conduite à l'autel, où eut besoin de toutes ses forces, et encore manqua n'en avoir assez, pour prononcer le terrible oui.

N'avoit pas moins besoin des siennes le Comte de Guéhérard, en voyant ainsi sa chère Lidorie consommer le sacrifice que d'elle il avoit exigé. L'atteinte du remords jà commençoit à se produire, et, au moment où le oui fut articulé, sentit sur son cœur comme un grand coup, qui pensa le faire défaillir.

Tristesse étoit de même dans toutes les ames, et au lieu d'actions de graces à l'Eternel, on lui adressoit prières de détourner les chagrins que se redoutoient pour la nouvelle épouse.

CHAPITRE XXVIII.

Comment le Seigneur Comte de Cédra-
mont en agit avec Lidorie, si-tôt que
l'eut en mariage.

NE se passa pas long-tems sans que
les craintes se réalisassent. Si-tôt le re-
—— tour de la cérémonie, le Comte
dit à son épouse :

—— « Comtesse de Cédramont, sais
» bien que dans votre cœur est encore
» l'image de ce défunt Damoisel. Es-
» père que ferez en sorte d'en effacer
» jusqu'au dernier trait. »

—— « Le dois à présent, Monsei-
» gneur ; et y travaillerai. »

—— « Commencez donc par détruire

» cet enfantillage que ce Damoisel a
» placé dans le jardin, à l'occasion
» de votre convalescence, et où suis
» instruit qu'allez passer chaque ves-
» pérée. »

 —— « Plus n'irai, Monseigneur,
» vous le jure : mais permettez.... »

 —— « Est-ce ainsi que jà tenez votre
» promesse de travailler à sortir ce
» Damoisel de votre mémoire ? Dès
» ce jour, faut que le cyprès soit
» mis au bûcher, et qu'on arrache
» jusqu'au dernier rosier. »

 —— « Pardon, Monseigneur ; ainsi
» en sera : mais n'exigez pas que ce
» soit ma bouche qui prononce cet
» ordre : jamais n'en auroit la force. »

 ——« Eh bien, le donnerai de votre
» part. »

Et au même instant le Comte envoya
bouleverser le bosquet.

Ensuite demanda qu'elle lui remît
les lettres de Montgréal. C'étoit achever de lui déchirer l'ame. Cependant
elle obéit avec douceur d'agneau, et
lui remit le sachet qui les enclosoit
toutes. Il les lut une à une; après
quoi, avec un sourire de pitié, les
mettoit en pièces et les brûloit. Jetta
même au feu le sachet, et l'y jetta
avec un air de mépris si révoltant,
que Lidorie ne put s'empêcher de dire
en elle-même : — « Si voit-on bien
» que le lion est mort. »

Lorsqu'eut fini : — « Dame de
» Cédramont, dit-il, gardez que ja-
» mais votre père sache ce qui se passe
» entre nous. »

N 3

—« Oh ! sûrement, point ne lui
» dirai. »

—« Et toi, nourrice, garde bien ta
» langue. Me suis assermenté que ne
» te séparerois de ton élève ; mais si
» avois à me plaindre de toi, te ren-
» drois la vie si malheureuse ... »

A cet instant parut le Comte de
Guéhérard. Lidorie, car oncques ne
lui donnerai le nom de son vilain
époux, Lidorie, appercevant son
père, courut se jetter dans ses bras,
afin que n'apperçût pas le terrible
émoi qui étoit empreint sur son visage. A son embrassement se joignit,
sans que le fît exprès, un mouvement d'étreinte. Même mouvement
se joignit à l'embrassement de son
père. Sembloient se dire l'un à l'autre :

— « O mon père ! que vais être mal-
» heureuse ! — O ma fille ! que
» ai grande crainte de t'avoir sa-
» crifiée ! »

CHAPITRE XXIX.

Comment Lidorie se départ du lieu de Guéhérard , pour aller habiter en celui de Cédramont.

En fut bien autrement encore, lorsque fallut se séparer pour Lidorie aller habiter le château de Cédramont. Comme le Seigneur de Guéhérard et elle s'embrassèrent ! Comme pleurèrent amèrement ! Comme s'étreignirent contre leur sein !

Et encore leur douleur s'augmentoit de la douleur universelle. Etoit deuil des plus tristes dans le château, dans toute la contrée. Les domestiques, les habitans, sans en excepter

un, accompagnoient leur chère Dame
et maîtresse, avec un air de morne
accablement, tel que oncques ne fut
plus triste convoi de sépulturé.

Lidorie embrassoit les filles, les
femmes, aussi les vieillards, disant
des choses agréables aux autres, et,
ce qui étoit mieux encore pour tous,
promettant de revenir souvent parmi
eux.

Ainsi arrivèrent à la lisière de la
Comté de Guéhérard. Là se trouva
une halte que les vassaux avoient
préparée; et, pour symbole de ce
qu'éprouvoient en leur cœur, avoient
choisi un lieu où ne se voyoient que
des ifs, des sapins, des mélèzes, et
autres arbres de cette sorte; et, au
lieu de gazon, une mousse desséchée.

Du reste, cette halte auroit suffi à la suite de l'Empereur ; chacun y avoit apporté, et abondamment, ce que possédoit de mieux.

Combien le pauvre cœur de Lidorie étoit serré ! Mais le Seigneur de Cédramont, qui, par envieuse jalousie, étoit fâché de ces hommages, le témoignoit par son air ; et Lidorie tremblante se contenoit tant que possible, ne voulant pas laisser paroître à quel point étoit touchée de quitter des gens qui l'aimoient ainsi.

———————

CHAPITRE XXX.

De ce qui advint dans une ferme de Cédramont.

JA le Seigneur de Cédramont avoit témoigné de l'humeur, de ce que on demouroit si long-tems à cette halte, lorsque Paquerel.....

Etoit à l'avance allé à Cédramont prévenir de l'arrivée du Seigneur, et en revenoit : mais étoit parti en bon état, et revenoit tout déchiré, tout moulu, pouvant à peine se tenir sur son cheval.

— « Qu'as-tu donc, Paquerel ?...
» Qu'avez-vous donc, Monsieur Pa-
» querel ? —— N'en puis plus : suis

» mort. — Le Ciel l'entende, » di-
soient en eux-mêmes les paysans,
« seroit un grand hypocrite de moins
» sur terre. »

— « Que t'est-il donc arrivé, mon
» cher Paquerel ? »

« Crois qu'ai rencontré le Diable
» chez un de vos fermiers de Cédra-
» mont. Comme je traversois son clos,
» j'entends dans la ferme un vacarme
» affreux. Je veux voir ce qui en est.
» Je trouve tout le monde en pleurs
» aux genoux d'un Démon vêtu en
» Chevalier, qui brisoit, mouloit,
» réduisoit en poudre les meubles,
» les vîtres, ainsi que les fourches
» et autres armes dont on avoit voulu
» user contre lui. Ne faisoit aucun
» mal aux gens ; au contraire, d'une
» main,

» main, les garoit de dessous ses
» coups, tandis que de l'autre conti-
» nuoit son sabat : mais moi, pau-
» vret, ne fus pas si heureux que les
» autres. A peine me voit-il, que,
» s'élançant sur moi, me prend par
» un bras qu'ai cru brisé comme dans
» un étau , et avec une poignée de
» courroies arrachées aux harnois de
» la ferme, m'a mis dans l'état où
» me voyez, et m'a laissé mort, ou
» autant vaut ; crois que jamais n'en
» releverai. »

Lors le Seigneur de Cédramont,
enfonçant son feutre, et prenant l'air
menaçant : « Ce déloyal Chevalier y
» seroit-il encore ? courons-y. Ve-
» nez, Comte de Guéhérard, avec
» votre suite. Elle est nombreuse,

I.   O

» et nous saurons bien.... — Sei-
» gneur de Cédramont, siest le Dia-
» ble, n'y ferions rien, fussions-nous
» une armée. Si est un Chevalier, ne
» faut qu'un autre Chevalier. C'est
» ce que verrons ensuite. Allons tou-
» jours. »

On s'achemina à la ferme dévastée,
et se pouvoit bien dire qu'elle l'étoit.
Ne restoient que les murailles en leur
entier. Moult fut-on étonné, en voyant
au milieu des débris, le Fermier et
sa famille en grande joie : mais cette
surprise cessa, et en vint une autre
en voyant entre leurs mains un ré-
zeau plein de pièces d'or, de quoi
réparer quatre fois, au-delà, ce qui
étoit brisé.

Le Seigneur de Cédramont demanda

ce que cela signifioit. Le Fermier répondit :

— « Par mon doux Jésus , n'en sais
» rien encore. Etois là à dîner avec
» not' femme ; entendons le bruit
» d'un cheval , et , tôt après , voyons
» entrer un cavalier qui avoit sa gar-
» niture de fer tellement fermée que
» se voyoient seulement ses prunelles
» aussi brillantes que du feu. Il nous
» dit commeça : *Bon jour, Fermier.*
» *Est-il vrai qu'est ici une ferme du*
» *Comte de Cédramont ? — Sans*
» *doute. Pourquoi cela ? — Est-il*
» *vrai que vient de se marier ? —*
» *Certainement , il y a huit jours ,*
» *avec Damoiselle Lidorie , fille de*
» *Monseigneur le Comte de Guéhé-*
» *rard.* »

» N'avois pas fini de parler que vlà
» le Chevalier en fureur, ni plus ni
» moins qu'une louve, qui a perdu
» ses louveteaux ; se met à crier de
» même, en faisant claquer ses dents;
» puis le vlà qui de sa lance, de sa
» rondache, brise tout ce que trouve
» sous sa main. Mes valets viennent
» avec leurs fourches. Bon ! n'étoient
» qu'allumettes pour lui ; et tout ça,
» remarquez bien, sans faire à aucun
» la moindre égratignure. Seulement
» nous rangeoit de côté, et même
» sans rudesse : car, si en eût mis,
» nous auroit brisé les os. »

» Ne s'est trouvé que Monfieur Pa-
» querel qui lui a déplu ; et savez
» comment l'a équipé. Après quoi,
» quand Monfieur Paquerel a été par-

» ti, vlà le Chevalier qui me refait
» commeça. —— *Le Seigneur de Cé-*
» *dramont est donc marié ?* —— Je lui
» réponds en tremblant : —— « *Oui,*
» *Monseigneur.* —— *Avec Damoiselle*
» *Lidorie ? —Oui, Monseigneur.*——
» *Fille du Comte de Guéhérard ?* ——
» *Oui, Monseigneur.* —— *L'aimoit-*
» *elle ?* —— *Non, Monseigneur.* . . .
» Pardon, not' Seigneur et maître,
» si ai répondu ainsi au Chevalier ;
» mais me tenoit en si grande frayeur
» que n'ai osé lui mentir.

» Lors il s'appuie contre la muraille,
» la tête dans ses deux mains, reste
» commeça un long tems ; puis se
» relève de là en jettant un gros sou-
» pir ; un moment après se tourne
» vers moi, et d'un parler doux :

O 3

» — brave homme, vous ai fait
» grande peur et grand dégât. Ne sa-
» vois ce que je faisois. Tenez, pre-
» nez cette bourse. Compte qu'il y a
» de quoi tout réparer. — Oh ! que
» trop, et par de là, Monseigneur.
» — Tant mieux. Adieu, brave
» homme, adieu, tous. Ne m'en vou-
» lez pas. Derechef, vous assure qu'a-
» vois la tête perdue. »

» Il est remonté à cheval, m'a
» tendu la main, et s'en est départi
» au grand galop. »

Personne ne pouvoit comprendre à
cet événement autre chose si non qu'é-
toit quelque Chevalier énamouré de
Lidorie, sans que fût sçu ni d'elle,
ni de son père, ni d'autre, et que le
désespoir avoit pris en se voyant ga-

gné de vîtesse par le Seigneur de Cédramont.

Celui-ci, et Paquerel, à mesure
que le récit du Fermier s'étoit avancé,
avoient pris un air qui sembloit dire
que se doutoient de ce que en étoit.
Se regardoient en grande inquiétude,
se parloient bas, et frayeur se pei-
gnoit sur leur visage.

Quoi qu'il en fût, on se remit en
marche.

CHAPITRE XXXI.

Comment la Comté de Cédramont est moult différente de la Comté de Guéhérard.

POINT n'avoit la route de quoi donner agréable distraction.

Plus ne présentoit, comme dans la Comté de Guéhérard, de jolies cabanes entourées de champs bien cultivés, et habitées par gens dont le visage portoit signe de joie et de bonheur.

Dans la Comté de Cédramont, ne se voyoit que pauvres chaumières en si piteux état, qu'auroit-on pu croire qu'elles étoient abandonnées, si ne

s'étoit vu en sortir des malheureux
qui, par leur maigre et pâle mine,
prouvoient trop que ne mangeoient
pas à leur besoin ; et point ne s'en
étonnoit-on en regardant leurs champs
incultes ; et le tout étoit expliqué,
quand se connoissoit la barbarie avec
quoi le Comte de Cédramont, en s'ap-
propriant tant que lui étoit possible
le fruit de leur labeur, leur ôtoit
force et courage, sans quoi ne reste
de valeur à aucun terrain, si bon
que Nature l'ait fait.

Orgueil de grands, lorsque bonté
s'y joint, engraisse le champ du petit ;
ainsi avons vu heureux les vassaux
du Comte de Guéhérard, auquel ne
falloit que vaine monnoie de gloriole,
pour quoi donnoit du solide.

Mais lorsqu'à vice d'orgueil vient
se joindre avarice avec toute sa se-
quelle, ainsi qu'en étoit chez le Seigneur de Cédramont, malheur alors
au petit. Se voit mangé pièce à pièce ;
et s'il ne l'est d'un coup, c'est que
faut songer au repas du lendemain.

Ainsi en étoit des vassaux de Cédramont. Si pourtant ces pauvres gens
sortoient de leurs cabannes sur le
chemin de leur Seigneur, et venoient
avec génuflexions lui présenter ce
qu'avoient de moins chétif ; et encore, au lieu d'être remerciés, étoient-
ils rabroués par le Comte, qui de
rien ne se montroit satisfait. Heu-
reusement étoient dédommagés par
Lidorie, qui, avec douces paroles et
regards de bonté, portoit dans leur

ame une espérance, dont tôt après veuve Paterne leur donnoit des arrhes.

Cette bonne nourrice restoit exprès la dernière du cortége, afin de fouiller dans son aumônière, et de donner à ces pauvres gens, sans que fût vue du Seigneur de Cédramont ; car les vaniteux se fâchent que d'autres fassent le bien que ne font pas eux-mêmes, et veulent que qui souffre par eux ne soit soulagé de personne.

CHAPITRE XXXII.

De ce qui étoit sur l'heure advenue au Château de Cédramont.

On étoit assez près d'arriver au château lorsqu'un coup de vent emporta le mantel de Lidorie. Un ruban s'en détache, que le vent souffle presque à perte de vue, jusqu'en un bois, d'où se voit tout de suite sortir un Chevalier, qui le ramasse, et se met à fuir au grand galop.

L'avance qu'il avoit, et la vîtesse dont fuyoit, ne permettoient pas de le suivre. On se doutoit bien qu'étoit le même qui venoit de saccager la ferme, et l'on en revint aux mêmes conjectures,

conjectures , et encore plus forte
frayeur vint derechef blêmir le visage
de Cédramont et celui de Paquerel.

En fut bien pis encore lorsqu'à cinquante pas du château parut un vieux
Serviteur, ayant un air effaré, comme
s'il venoit d'échapper à des voleurs.

— « Qu'est-ce donc , Anselme ?
» qu'est-il donc arrivé ? »

— « Il n'y en avoit qu'un, Mon-
» seigneur ; mais il en valoit cent pour
» mal faire. »

— « Qui donc ? »

— « Un Diable , ou autant vaut,
» bardé de fer jusques sur le nez ,
* tout ainsi que vous êtes, Monsei-
» gneur, quand allez raccueillir quel-
» que horion. Est venu galoppant
» ventre à terre , est entré sans crier

I.   P

» gare ; autrement aurions fermé le
» pont-levis ; a demandé la chambre
» où deviez coucher avec not' nou-
» velle Dame ; mais l'a demandé d'un
» ton . . . ! trédame ! gn'y avoit pas à
» barguigner. Je lui fais commeça tant
» civilement que je peux. — *Mon-*
» *seigneur est là , dans cette belle salle*
» *basse : en descendant de votre des-*
» *trier , y serez d'une enjambée.*

» N'ai pas fini que jà il a sauté à
» terre, et le vlà dans la salle basse,
» qu'avions si bien arrangée que n'au-
» roit pu mieux faire la Fée Urgande
» elle-même : mais, bast ! n'en fut
» pas long-tems ainsi. C'est par le
» lit que ce Démon a commencé son
» vacarme. Il l'a bouleversé à ne pas
» lui laisser figure de lit ; puis a brisé

» les quatre quenouilles, et, d'une
» qu'il a prise en main, a fait le mou-
» linet sur les miroirs, sur les vitraux,
» sur les meubles, pin, pan, cli, cla,
» un coup n'attendoit pas l'autre ; et
» ça faisoit un bruit ! . . . . Dame !
» auroit fallu que fussiez là pour l'en-
» tendre ; n'est rien que de le dire.
» Auroit encore fallu que fussiez là
» pour entendre, voire même pour avi-
» ser comme a traité votre grande
» pourtraiture. — *Quoi !* a-t-il dit,
» *on a osé copier les horribles traits*
» *de ce vilain monstre . . . !* Pardon,
» Monseigneur : mais c'est justement
» ce qu'il a dit ; et du même tems,
» d'un revers de la quenouille de lit
» que tenoit en main, vous a fendu
» de la tête aux pieds ; puis a pris la

» toile, et vous a déchiré ne plus ne
» moins menu que chair à pâté, tré-
» pignant de ses deux pieds sur les
» morceaux , et disant — *En fe-*
» *rai de même de ce monstre de Cédra-*
» *mont.*

— » Comment ? vous étiez là une
» vingtaine , et vous avez laissé un
» seul homme m'outrager ainsi !

» — Mafigue ! Monseigneur, au-
» rions été dix vingtaines, et vous
» auroit ouvragé encore pis, fi pos-
» sible avoit été, que l'aurions laissé
» faire. Avons d'abord voulu lui mon-
» trer les dents : mais celui qui a osé
» le plus s'approcher, c'est votre pre-
» mier estafier , il avoit pris votre
» grand sabre. . . . Bast ! ça été l'af-
» faire d'un tour de main pour mettre

» le grand sabre en vieille féraille ,
» pour casser sur la tête de l'estafier
» la grande dame-jeanne de vin recuit
» qui se trouvoit là , si bien qu'on
» auroit dit que le pauvre homme s'é-
» toit baigné dans la vinée. Ce n'est
» le tout ; l'a pris par son pourpoint
» au milieu de l'estomach , l'a enlevé
» et fait pirouetter en l'air, d'où est
» retombé sur la couette de plumes ,
» qui étoit ouverte , et où , avec sa
» mouillure , s'est emplumé telle-
» ment... Sur ma vérité, Monseigneur,
» si l'aviez vu se relever de là , n'au-
» riez pu vous empêcher d'en rire ;
» car n'a point eu de mal , non plus
» qu'aucun de nous autres. Quand le
» Démon n'a plus rien eu à briser,

» s'est arrêté , et a demandé quand
» deviez venir.

—— » Falloit lui répondre que ne
» seroit de long-tems.

—— » Vraiment , Monseigneur, fai-
» soit trop de peur : n'ai point osé lui
» mentir. Lui ai dit que Monseigneur
» viendroit ce soir , à quoi a répondu
» en gromelant entre ses dents : *tant*
» *mieux ! l'attendrai.*

—— « O Ciel ? » s'écria le Seigneur
» de Cédramont tout tremblant.

—— « O Ciel ! » répéta Paquerel
tremblant encore plus. —— « Gar-
» dez-vous de peur : n'est plus au
» château. Au moment que venoit de
» parler ainsi, ai par bonheur apperçu
» au chemin de travers le bon Vicaire
» Postole. Ai couru après lui , le

» priant de venir conjurer cet incar-
» né. Toujours est-il prêt celui-là,
» quand il s'agit de rendre service.
» Est donc venu avec cet air si chré-
» tien et si bon. . . .

» Ne savons ce que d'abord a dit
» à ce Diable ; avions tant de frayeur
» que n'osions nous trop approcher.
» Si pourtant se voyoit-il qu'à chaque
» parole, œuvre de religion opéroit
» son effet. Nous nous approchâmes
» à la fin, et entendîmes que le bon
» Vicaire Postole lui disoit :

— « *Monseigneur, elle ne peut être*
» *à vous. Le Ciel en a disposé autre-*
» *ment. Soumettez-vous à ses décrets,*
» *et respectez les jours de son époux.*
— » Le Chevalier a répondu : —
« *Las ! le faut bien, puisque le Ciel*

» l'ordonne. — Le Ciel veut encore
» que partiez à l'instant même. — Par-
» tirai ; mais bientôt mourrai d'amour
» et de jalousie. — Vous promets
» que, dans mes prières, demanderai
» au Souverain Maître que retrouviez
» votre tranquillité. — Non , non,
» ne veux plus que mourir. — Mon-
» seigneur, appartenez à votre pays ;
» dans peu de jours se donne une grande
» bataille. — Le sais ; y vais
» courir dans l'espérance d'y rencon-
» trer la mort. — Cherchez-y la
» gloire , Monseigneur ; et conservez
» tant que pourrez un brave Chevalier
» à la patrie. — Cruel devoir ! »
» — N'est le tout : Monseigneur :
» faut me promettre que , d'un an,
» ne quitterez l'armée de l'Empereur.

» *Le Ciel veut que , pour ne pas faire*
» *faute, on se tienne loin de l'occasion.*
» —— *Eh bien ! le promets. —Foi de*
» *Chevalier ? —— Foi de Chevalier.* »

» Alors, doux comme mouton, est
» remonté à cheval, et s'en est dé-
" parti en soupirant. Que Dieu le
» conduise. S'il tient parole, nous en
» vlà quittes pour un an. »

—— » Je respire ! dit Paquerel.
« —— Il a bien fait, dit le Seigneur
» de Cédramont en se renflant ; au-
» roit fallu finir par combattre seul
» à seul avec moi, et auroit payé de
» sa vie l'outrage qu'a osé faire au
» Seigneur de Cédramont. Et vous,
» Madame , (en s'adressant à Lido-
» rie) vous qui en êtes la cause. . . .
» —— Hélas ! Monseigneur , est bien

» malgré moi. Point ne connois, vous
» le proteste, ce Chevalier qui ainsi
» s'emporte contre vous. Si l'avois
» connu, lui aurois bien dit qu'à tort
» auroit-il prétendu à mon cœur. ....
« — Oh ! ne sais-je que trop que tou-
» jours est occupé par l'image de
» Montgréal, tout mort qu'il est.
» —Monseigneur, suis votre épouse.
» — Sans doute, êtes mon épouse ;
» et si n'êtes digne de ce titre, sau-
» rai vous en punir. — Monsei-
» gneur, touverez toujours en moi
» soumission et patience. »

———————

CHAPITRE XXXIII.

Comment Lidorie et veuve Paterne se portent mutuelles consolations.

En avoit grand besoin, de soumission et de patience, la pauvre Lidorie. Chaque jour éprouvoit nouvelles rebuffades, nouveaux maltraitemens. Si bien qu'elle fit, se voyoit toujours rabrouée. Si pourtant, à force de combats avec elle-même, auxquels veuve Paterne la soutenoit, obtenoit d'immoler son sentiment à son devoir, et de témoigner à son tyran au moins ces douces prévenances qui, à défaut d'amour, font le charme des époux ; mais, en échange, rece-

voit ſi brutal accueil, que, timide et
paoureuse, comme elle étoit devant
lui, n'oſoit de long-tems en hasarder
de nouvelles ; et lorsque n'en hasardoit plus, le méchant, au lieu de
s'en prendre à soi-même, lui en fai-
ſoit sujet de nouvelles querelles.

D'autre manière, rendoit veuve Paterne bien aussi malheureuse : mais
celle-ci ne voyoit que les peines de
sa chère enfant, et ne songeoit qu'à
la réconforter, comme Lidorie ne songeoit qu'à consoler sa chère nourrice.

Ainsi font les malheureux. En s'es-
ſuyant les larmes l'un à l'autre, ils
les sèchent plus aisément ; sur-tout
lorsque mettent entre eux cette con-
solante religion, refuge assuré des
ſouffreteux, et qui donne au plus
foible

foible courage de supporter les plus grands maux.

Avoient encore Lidorie et sa nourrice un grand moyen d'adoucir leurs peines : étoit la charité que trouvoient assez à exercer auprès des vassaux de Cédramont. Qui, ruiné par un procès avec le Seigneur, qui par des corvées, qui par d'autres vexations ; la misère étoit chez chacun, et avec elle le découragement, les maladies, le désespoir, enfin la séquelle, qui ne manque de l'accompagner. Tant se trouvoient à plaindre que maudissoient leur existence, et se reprochoient d'avoir des enfans, à qui n'auroient que larmes et souffrances à laisser en héritage.

Ce qu'on raconte ici ne regarde

1.   Q

que le passé ; car n'en est plus de
même depuis qu'ont pour Dame la
sensible Lidorie. Elle possède une
bourse particulière que son père lui
a donnée, et lui entretient. Veuve
Paterne y joint ses épargnes ; et toutes
deux vont ensemble de chaumière en
chaumière, porter la joie et l'espérance. Où il n'y a que misère, c'est
de l'argent. Où il y a d'autres peines,
ce sont paroles de consolation. Où il
y a maladie, ce sont des drogues que
Lidorie a composées, de bons alimens
que veuve Paterne prépare, et des
soins auxquels l'une et l'autre s'en-
tr'aident à l'envie.

Est vrai que se voyoient bien payées
de tant de choses. Recueilloient force
bénédictions ; et bénédictions du pau-

vres sont une monnoie précieuse. On diroit un talisman qui augmente votre bonheur, si à l'avance étiez heureux, et diminue vos peines, si aviez le malheur d'en avoir.

Portoient en outre la délicatesse jusqu'à faire honneur au Seigneur de Cédramont du bien qu'elles épandoient : mais le sentiment ne se leurre pas ainsi. Ces pauvres gens, en feignant de les croire, puisqu'elles le vouloient, savoient bien au fond qu'en penser. Aussi prioient sans cesse le Ciel d'épandre ses biens sur leur Dame, sur sa nourrice. Si avoient prié pour leur Seigneur, auroit été le diable, afin que l'emportât au plus vîte ; car l'avoient pris en haine mille fois plus forte, depuis qu'à tant de malheu.

reux, qui l'étoient par lui, avoit ajouté l'angélique Lidorie, (ainsi la nommoient-ils) et cette si charitable, si pieuse veuve Paterne.

Le Comte de Cédramont vouloit bien permettre une bienfaisance qui ne lui coûtoit rien, et dont croyoit que partageoit les effets. D'ailleurs n'en étoit instruit que d'une partie. Le tout lui auroit trop semblé, comme étoit dans le vrai, capable de bosser encore plus en relief le mal que lui-même ne cessoit de faire.

Fin de la première Partie.

TABLE

Des Chapitres de la première Partie.

---

(189)

Fin de la table de la première Partie.

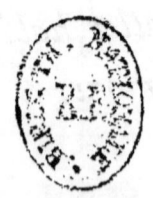

www.ingramcontent.com/pod-product-compliance
Lightning Source LLC
Chambersburg PA
CBHW070841030726
47504CB00005B/1185